我国股份制商业银行
内部控制理论与设计

杨华辉　著

上海财经大学出版社

图书在版编目(CIP)数据

我国股份制商业银行内部控制理论与设计/杨华辉著 . －上海：上海
财经大学出版社，2006.6
　　ISBN 7-81098-685-6/F・632

　　Ⅰ.我… 　Ⅱ.杨… 　Ⅲ.股份制-商业银行-银行监督-研究-中国
Ⅳ.F832.33

　　中国版本图书馆 CIP 数据核字(2006)第 063786 号

　　　　□ 责任编辑　王永长
　　　　□ 封面设计　周卫民　周小艳

Woguo Gufenzhi Shangye Yinhang Neibu Kongzhi Lilun Yu Sheji
我国股份制商业银行内部控制理论与设计

杨华辉　著

上海财经大学出版社出版发行
(上海市武东路 321 号乙　邮编 200434)
网　　址：http://www.sufep.com
电子邮箱：webmaster @ sufep.com
上海长阳印刷厂印刷装订
2006 年 6 月第 1 版　2006 年 6 月第 1 次印刷

890mm×1240mm　1/32　7.625 印张　134 千字
印数：0 001-5 000　定价：32.00 元

序

随着人们普遍关注的国有商业银行改革的推进以及社会对国有商业银行一些分支机构频发大案、要案的聚焦,对国有商业银行内部风险控制的话语就已经不再是银行界和金融理论家们的事了,人们从不同层面、不同视角就如何构筑国有商业银行的内部风险防范机制和建立健全内部控制制度献计献策。在已经完成或正在进行的国有银行改制实践中,这也是重点考虑和安排的制度及机制建设问题。然而,对中国金融业而言,今日金融格局早已不是国有银行一统天下,伴随金融改革应运而生的股份制商业银行在银行界如今已是"三分天下有其一"了,而其中的全国性股份制商业银行又占"半壁江山"。这部分商业银行或许是人们认为其体量"不够大",不足以影响金融大局;或许是人们认为其诞生之日起就是作为金融改革的产物,其规范的公司治理结构所要求的制约机制、监督机制和控制制度的安排及合理性与生俱来;或许人们的关注度和舆论的兴奋点还未走出国有商业银行改制的视野,所以人们对其的关注和研究历来是不够的。作者正是基于这个考虑,选择了股份制商业银行内部控制制度建设这个课题进行全视角的研究,试图通过研究我国股份制商业银行更加科学、更加规范、更加精细的内部控制系统架构,包括理论、方法和政策措施。从这点来说,这个课题的选题和研究是有其重要的理论和现实意义的。

作者的研究直接从国内外商业银行有关内部控制理论论述和我国股份制商业银行内控制度建设及实施效果作为切入点,对股份制商业银行内部控制问题进行了较系统的分析和研究。框架和内容包括以下几个方面:(1)相关文献的述评。主要对国内外相关理论研究及演进过程、国内外相关研究的主要观点和研究方法进行述评。(2)商业银行内部控制分析框架研究。主要分析国外对商业银行内部控制研究架构和我国经济转型时期商业银行内部控制研究架构;我国股份制商业银行内部控制的演变过程、现状及其存在的主要问题的分析及讨论;影响我国股份制商业银行内部控制系统建设的因素和我国股份制商业银行内部控制系统设计应遵循原则的探讨。(3)我国股份制商业银行内部控制系统设计,并研究了保障该系统有效运行的配套措施。

作者对课题研究的一个特点是将国内股份制商业银行运

作实际与借鉴国外相关理论和实务的结合,较好地运用国外成熟的内部控制理论和方法来论述构建我国股份制商业银行内部控制体系。其突出的特点有三个方面。

一是分别从内部控制的目标、内部控制的要素以及内部控制与管理活动的关系方面对《内部控制——整体框架》理论、巴塞尔《内部控制系统评估框架》和我国《商业银行内部控制评价试行办法》进行了比较分析,认为这三个理论和政策框架在涵盖管理活动的范围方面大部分相同,都包括环境因素的设立、业务活动水平目标的设立、控制活动的实施、监督评价、信息识别采集和交流方面的管理活动。同《内部控制——整体框架》的控制理论相比,巴塞尔《内部控制系统评估框架》和我国《商业银行内部控制评价试行办法》将内部控制整体战略计划、风险管理活动和纠偏行为纳入到内部控制体系中,强调内部控制战略计划、风险管理和纠偏活动都是内部控制管理活动的重要组成部分。

二是对比分析美、日、德等国外商业银行分析管理内部控制制度的主要实践及其经验,阐明科学的现代企业组织制度、独立与权威的内部监察监督制度、明确的业务部门风险控制分工及相互制约的关系、谨慎的授信(权)审批制度、有效的内部检查与稽核制度以及严格的会计控制与合理的员工管理制度等是搞好商业银行内部控制的制度保证,而以现代电子技术为依托,通过电子化风险控制系统,将银行内部控制制度引入规范、超然的轨道则是搞好股份制商业银行内部控制的关键。

三是运用系统风险分析方法对股份制商业银行内部控制系统进行了设计。将股份制商业银行内部控制系统作为一个系统整体来研究,分析了内部控制系统与各个子系统、各个子系统之间、内部控制系统与控制环境的相互联系和相互作用,探讨了规范化商业银行内部控制各个子系统的功能和它们之间的结构关系,提出并设计了现代股份制商业银行的内部控制系统以及保障该系统有效运行的配套措施。

作者多年来从事股份制商业银行的经营管理工作,有着比较丰富的经营管理经验,对我国股份制商业银行内部管理的"软肋"和风险控制也有切深的体会,在这方面思考和探索从未停止过。通过几年比较系统的学习,作者从理论和制度建设的角度对我国股份制商业银行的内部控制进行研究,形成了系统的研究成果,其实就是作者多年来勤奋学习思考和经验体会的概括总结。我相信,该书的出版不仅将丰富我国商业银行经营管理,尤其是内部控制理论和实务建设,而且对于加强和改善股份制商业银行内部控制及外部监管也会有所裨益。我国股份制商业银行发展历史较短,科学、规范的内部控制建设更是起步不久,亟待加强和完善。在这个时候,尤其是金融业加入世贸组织过渡期即将结束,中国银行业即将在更广的范围和更深的程度上参与竞争的背景下,这本书的付梓更是恰逢其时。

在研究成果即将付梓出版之际,应作者之邀特作如上评述和简介,代作序。

2006 年 4 月于北京双花园

目　录

第一章 绪 论

第一节 研究的背景与意义

一、研究的背景

我国银行业主要商业银行包括 4 家国有商业银行（工商银行、农业银行、中国银行、建设银行）、13 家全国性股份制商业银行（包括交通银行、招商银行、中信银行、光大银行、华夏银行、兴业银行、民生银行、浦发银行、广发银行、深发银行、恒丰银行、浙商银行、渤海银行），115 家城市商业银行，还有农村商业银行、农村合作银行以及邮政储蓄机构等。截至 2005 年末，全国银行业存款达300 208.55亿元，贷款达206 838.48亿元，其中上述 13 家全国性股份制商业银行存款余额达46 533.61亿元,占 15.5％;贷款余额达33 461.99亿元,占 16.2％。从近年来的数据分析,随着全国性股份制商业银行机构和人员的快速发展,股份制商业银行各项业务的新增市场占有率呈现逐年提高的发展趋势。股份制商业银行已成为我国银行业中的一支重要的生力军。随着我国股份制商业银行机构、业务、人员、业务品种的快速发展,近年来,股份制商业银行由于内部控制不健全或是不完善而引发的各类风险亦频频显现,个别银行甚至出现了重大案件,严重影响了资金安全,甚至已危害到银行的安全运营。

我国股份制商业银行近些年所发生的这些问题,教训是十分深刻的,除当事人本身的原因外,体制问题是主要原因之一。而加快银行股份制改造、建立真正的现代金融企业制度将是强化内部控制的治本之策。所以,按照“三会分设、三权分开、有效制约、协调发展”的原则,建立规范的股东大会、董事会、监事会及高级管理层相互制衡的机制,引入独立董事和外部监事,再加上透明的信息披露制度和市场约束,可以对股份制商业银行经营实施有效监督,也可以对主要经营管理者实施有效制约和监督,使资本社会化、风险社会化和经营社会化这些股份经济的内在要求在股份制商业银行中得到比较充分的体现。

提高经营管理的科学化、规范化、精细化水平，是目前我国股份制商业银行建立良好公司治理机制的重要任务之一。因此，通过制定和实施一系列制度、程序和方法，对风险进行事前防范、事中控制、事后监督和纠正显得尤为重要，是股份制商业银行实现经营目标的重要保证。

股份制商业银行的内部控制机制只有具有系统性和可操作性，才能最终实现总行一级法人指挥自如，信息反馈灵敏，同时使各分支机构责权明确、管理规范。因此，股份制商业银行内部控制内容主要包括：科学的组织管理，严格的岗位责任制度和授权规定，完整的业务处理程序以及有效的稽核监督。这些都是股份制商业银行管理的重要组成部分，并体现在股份制商业银行各项管理制度之中，目的在于保证管理决策和经营方针贯彻实施，保证股份制商业银行资产的安全和会计记录、业务活动信息真实可靠，保证依法稳健经营目标的实现。我国股份制商业银行由于有着特殊的历史背景和运行模式，内部控制机制重视不够，造成了银行内部控制制度建设的滞后和实际运行中内部控制机制的悬空[1]。其主要突出表现在以下几个方面：

（1）基层分支机构经营行为不规范，违法违规违纪事件频发。根据中国银监会的统一部署和安排，我国各商业银行在 2005 年进行了一次案件专项治理工作。据统计,2005年,我国银行业机构共发生案件1 272件,涉案金额达 54.1亿元。基层分支机构存在的违法违规违纪经营行为,不仅严重影响了银行资金安全,直接影响了经营效益,同时,也使国家金融政策的正向传导作用受到了削弱和影响,银行业的自身信誉也直接受到了影响。上述问题的存在也表明了银行业在内部控制体制和机制上存在较为严重的问题,这已引起我国政府、监管当局、商业银行各级管理者以及金融理论界学者的高度关注。

(2)会计"三乱"现象带有普遍性,会计信息可靠程度低。目前股份制商业银行一些会计人员法制观念淡薄,违反规定办理会计业务的现象仍在一定范围内存在。其突出表现为:印押证三分管制度不落实,重要空白凭证在领发、使用、保管等环节上控制不严、账实不符,业务处理"一手清",任意调整账目,对账不及时,执行制度不坚决、不彻底,随意性强,对事故隐患麻木不仁等,使内部控制制度形同虚设,会计操作的严密性和完整性没有得到根本的保证,留有事故隐患[2]。银行会计"三乱"现象的存在,严重影响了会计信息的可靠性,使银行各种经济指标考核失去了真实意义,也使国家宏观金融决策失去可靠依据。

（3）财务管理不规范，财务信息反映不真实。基层行为了局部利益往往产生欺瞒行为。截留收入、乱列成本、虚增利息支出、两套账表、私设账外资金等违反财务纪律现象时有发生。通过效益稽核工作中发现，不少分支机构财务收支情况不够真实。

（4）岗位责任制度不落实，执行规章制度不严。现在股份制商业银行都很注重制度建设，制订了一系列以岗位责任制度和授权授信为主要内容的各项管理制度，但是这些制度的执行并不理想。一方面，是由于一些制度本身很抽象、权责不明、实用性差，同时又缺乏必要的经常性的检查督促；另一方面，是执行不严格，不公平，违反者没有得到应有的处置，对员工没有产生足够的压力。加之有的基层分支机构负责人本身不具备管理者素质，没有切实履行管理者责任，以致许多制度形同虚设，对一些严重违章操作和越权行事的人和事起不到约束作用。

（5）监督检查不力，处罚方法不当。从形式上看对银行的检查和审计监督也有很多，既有内部的也有外部的，银行各分支机构一年来要应付多种检查，但是查完了还是回回有违规、年年遭罚款，差错事故和大要案依然发生。这就足以说明银行来自内外部稽核监督都不够有力，各种检查实效不高。内部检查走过场的多，而外部检查着重于罚款了结,且罚的是银行的钱,很少涉及对违纪的责任人进行处理,因此,不足以起警戒作用。

目前,我国金融业正面临着全面对外开放,我国各股份制商业银行为适应内外竞争,正加速发展,国有商业银行的股份制改造进程也正在全面提速。为了有利于我国股份制商业银行健康发展,增强内外竞争力,健全和完善我国股份制商业银行内部控制机制已成为我国银行业改革和发展的最重要、最迫切的任务之一。因此,对我国股份制商业银行的内部控制问题进行研究具有十分重要的现实意义。

二、内部控制的概念

1. 内部控制发展阶段简述

现代企业内部控制,是在长期的经营实践中,随着企业对内加强管理的需要而逐步产生并发展起来的自我检查、自我调整和自我制约的系统。内部控制是在内部牵制的基础上,由企业管理人员在经营管理实践中创造,并经审计人员理论总结而逐步完善的产物。在其漫长的产生和发展过程中,经历了内部牵制、内部控制、内部控制结构和内部控制架构四个历史阶段(杨宝琴,2005)[3]。

新中国成立以后,我国建立了以账户核对和职务分工为主要内容的牵制制度。但总的来看,这些制度是零散的、不系统的,有些单位虽然订立了一些制度,但只是挂在墙上,印在纸上,说在嘴上,或者只是为了应付上级检查,未能真正执行而流于形式,致使单位内部管理低效,控制弱化。20 世纪 80 年代末至 90 年代初,主要以传统的详细审计为主,在现场往往不进行内部控制评价而直接进入实质性测试。近年来,随着内部控制的发展,以内部控制评价为主的符合性测试开始受到专业人员的关注和使用,但内部控制评价仍停留在对内部管理制度执行的一般了解上,内部控制评价还只是起辅助作用,有的甚至流于形式。而且,在此期间,内部控制评价只是作为一种审计方式,其目的是在了解、测试与会计报表相关的内部控制的基础上评估其控制风险,据以确定实质性测试的性质、时间和范围,还没有作为一项专项鉴证业务而使用。20 世纪 90 年代中后期,我国政府才开始积极推进内部控制和内部控制评价的规范化建设。

2. 内部控制概念的发展演变

内部控制概念的演变,迄今已经历了四个阶段:20 世纪 40 年代后期、20 世纪 50 年代末至 70 年代初、20 世纪 80 年代后期、20 世纪 90 年代初至今。现列表 1－1 概述如下(朱荣恩,傅祁琳,1999)[4]。

表 1－1　　　　　　　　内部控制概念发展演变历程

时段	核心概念	相关概念表述	文告依据	备注
第一阶段	内部控制	1."要适当研究和评价现行的内部控制,以决定其可依赖和作为制定审计测试程序的依据的程度"。	1947 年,AICPA 下属审计程序委员会(CAP),《审计准则暂行公告》(TSAS)中"现场工作准则"第二条。	第一次以审计准则的形式确定了内部控制为基础的审计程序。
		2."内部控制包括组织机构的设计和企业内部采取的所有相互协调的方法和措施"。	1949 年,CAP《内部控制,一种协调制度要素及其对管理当局和独立注册会计师的重要性》。	首次的权威定义。
		3."我们承认,一个内部控制制度已超出了直接与会计和财务部门功能有关的内容范畴"。	同上。	对定义范围所作解释。
第二阶段	内部会计控制、内部管理控制	1958 年,CAP 第 29 号《审计程序公告》(SAPNo. 29)。		
		1963 年,CAP 第 33 号《审计程序公告》(SAPNo. 33)。		
		1972 年,审计准则委员会(ASB)第 1 号《审计准则公告》(SASNo. 1)。		确认分类为会计控制和管理控制。

时段	核心概念	相关概念表述	文告依据	备注
第三阶段	内部控制结构	"企业的内部控制结构包括为提供取得企业特定标的合理保证而建立的各种政策和程序"。具体内容包括：(1)控制环境；(2)会计制度；(3)控制程序。	1988年，第55号《审计准则公告》(SASNo.55)。	自1990年1月起取代SASNo.1，第一次提出"结构"概念。
第四阶段	内部控制(完整的结构体系)	内部控制是一个过程,受企业董事会、管理当局和其他员工影响,旨在为下列目标提供合理保证：(1)财务报告的可靠性；(2)经营的效果和效率；(3)现行法规的遵循。它包括以下五个有机联系的要素成分：①控制环境；②风险评估；③控制活动；④信息与沟通；⑤监控。	1992年,"反对虚假财务报告委员会"(即Treadway委员会)下属包括AAA、AICPA、IIA、FEI、IMA等多个组织参与的"发起组织委员会"(COSO),《内部控制——完整结构体系》。1995年,第78号《审计准则公告》(SASNo.78)。	自1997年1月起取代SASNo.55。

9

以上关于内部控制的表述虽不尽相同,但基本观点是一致的,即内部控制不仅仅是内部牵制和其他有关会计项目的控制,还涉及管理领域,包括企业为提高效率、促进既定目标和方针的贯彻执行而采取的一切制度、方法和措施。

3. COSO内部控制简述

COSO是最早也是最重要的一个内部控制管理框架，1992年9月由发起组织委员会（COSO）下属的杜德威（Treadway）委员会发布。

COSO将内部控制定义为：内部控制是由企业董事会、经理阶层和其他员工实施的，为经营效率效果、财务报告的可能性和相关法律的遵守等目标的实现而提供合理保证的过程。该报告并指出内部控制是以下五个要素的有机结合：控制环境（Control Environment）、风险评估（Risk Assessment）、控制活动（Control Activity）、信息与沟通（Information and Communication）、监督（Monitoring）。该定义不但丰富了控制环境和会计系统的基本内涵，而且形成了在实践某种目标的指导下，由五个相互联系的要素共同构成一个整体的框架：以控制环境为基础，风险评估为依据，控制活动为手段，信息与沟通为载体，监督为保证。其中，信息系统包含在COSO的"信息与沟通部分"中。图1-1描述了COSO中体现的内部控制目标与组成要素的关系。

4. COCO简介

COCO（Guidance on Control：控制指南）于1995年11

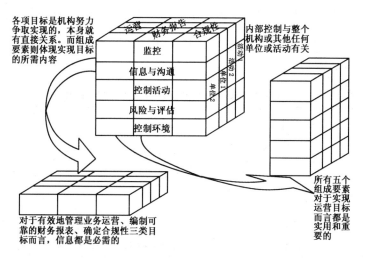

各项目标是机构努力争取实现的，本身就有直接关系。而组成要素则体现实现目标的所需内容

内部控制与整个机构或其他任何单位或活动有关

所有五个组成要素对于实现运营目标而言都是实用和重要的

对于有效地管理业务运营、编制可靠的财务报表、确定合规性三类目标而言，信息都是必需的

图1—1　COSO中内部控制目标与组成要素间的关系

月，由加拿大特许会计师协会（CICA）的控制标准委员会（CoCo）发布。

COCO专门对控制系统的设计、评估和报告进行研究和发布指南。COCO将"内部控制"的概念扩展到"控制"，其定义为：内部控制是一个企业中的要素集合体，包括资源、系统、过程、文化、结构和任务等，这些要素结合在一起，支持达成该企业的目标。该报告认为控制的基本要素包括：目标、承诺、能力、学习和监督，这四个基本要素通过"行动"连接成一个循环。COCO从四个要素出发，制定出了有效控制的20个范围标准。COCO可以说是由COSO发展而来的,可以将其20项控制标准重新分组为COSO的5项内部控制要素。表1-2描述了用这20个标准评估控制的有效性。

表1-2 重新分组为COSO组成要素的COCO控制标准

控制环境

B1 共享道德价值应该在机构中建立起来并得到沟通和实践。

B2 人力资源政策和实务应该同机构的道德价值以及机构目标的实现保持一致。

B3 权利、责任及能力应清楚界定,且与机构目标保持一致。

B4 机构应培养相互信任氛围,以便信息在机构成员和有效的工作绩效间的流动。

C1 机构成员应具备必要的知识、技能和工具,支持组织目标的实现。

风险评估

A1 机构应建立并沟通各项目标。

A2 机构应识别并评估其实现目标的过程中所面临的重大内部和外部风险。

A5 目标及相关的规划应该包含可度量的绩效和指标。

D1 机构应监控内部和外部的环境,以获取能表明重估机构目标或控制所需的信息。

控制活动

A3 应建立机构设计的用来支持其实现目标和管理其风险的政策。

C4　机构不同部门的决策和行动应该得到协调。

C5　控制活动的设计应考虑到机构目标、实现目标的风险和控制要素的内部关系。

信息和沟通

C2　沟通过程应该支持机构价值和目标的实现。

C3　机构应该及时地确认并沟通充分、相关的信息。

A4　应建立对机构目标实现所付出的努力进行指导的规划并得到沟通。

D4　在机构目标变更以及确认并报告缺陷后,应重估信息需求和相应的信息系统。

D2　机构应该按其目标和计划中确定的各项目标和指标来监控绩效。

D3　机构目标所隐含的假设条件中应该定期受到质疑。

5. 内部控制理论概述

当前的内部控制理论基本上反映了人们对实体经济进行管理的内在要求(李淑琴,2005)[5]。

其一,从控制目标看,早期以内部牵制为主要内容的内部控制理论关注业务执行的合法性和合规性,后来逐渐扩展到提高会计信息的真实性和业务执行效率上。可见,传统的内部控制目标理论主要反映了以下两类要求:一是物权保障,二是物流效率。从这一角度看,当代内部控制理论是在实体经济的背景上建立起来的,其目标反映了对实体经济进行科学管理的内在要求。

其二,从控制方式看,传统内部控制理论主要关注利用职务分设、组织设计、管理制度、监督、检查和控制方法等方式对业务进行控制,从而实现业务控制目标。这种控制方式实际上是建立在业务流程基础之上的。但在传统管理手段的支持下,信息流程和业务流程无法实现同步流转,滞后的信息无法进行前馈性和实时性的业务控制。

因此,信息监控只是作为业务控制的一种辅助手段而存在的。实际上,由于在业务执行过程中上述方式都在不同程度上存在执行效果的不确定性,业务执行容易与控制目标产生偏差,而实时准确的信息监控则可以有效地解决这一问题。

其三,从控制结构看,内部控制结构经历了一个逐步补充和扩展的过程。内部控制的具体构成和企业管理的构成要素出现了较多的重叠内容。一方面它反映了内部控制在企业管理中重要性的日益提高,另一方面也反映了内部控制制度设计和经济业务管理实现了越来越紧密的结合,使得内部控制对于直接受业务管理影响和作用的实体经济运行的目标也具有了越来越重要的作用。

其四,从控制对象看,传统内部控制和业务流程之间紧密的结合关系表明,经济组织内部控制实际上是以业务流程上的物流、货币流以及相关责任主体——人为主要控制对象的各类经济组织。正是通过对这些实体经济的构成要素进行控制，才实现组织运行目标的。在传统内部控制框架中，不论控制方式表现为何种状态，其核心目标都是为了实体经济运行的目标实现。

综上所述，当前流行的内部控制理论是在实体经济的背景上建立起来的。它以物、货币和人为主要控制对象，通过对与实体经济最为贴近的经济业务流程进行多方监控，来满足对实体经济运行效率和物权保障的需要。从这一角度讲，COSO 报告作为对当前内部控制理论最为完整的概括，它所表达的内部控制目标和要素理论最能反映上述主流内部控制理论的特征，代表了适用于工业社会时代内部控制理论的最高水平。

三、股份制商业银行内部控制的目标

股份制商业银行的内部控制机制只有具有系统性和可操作性，才能最终实现有效内部控制的目标（付登辉等，1997)[b]。因此，确定合埋的内部控制目标十分重要。股份制商业银行内部控制目标的确定不仅决定内部控制的内容，而且直接反映内部控制的目的和效果。它包括：

1. 防范风险，保证银行安全运行

股份制商业银行是高风险行业。由于股份制商业银行在社会支付体系和社会资金体系中的特殊地位,一旦经营出现失败,对社会经济的破坏力很大。所以,内部控制系统的首要目标就是防范风险,保证银行安全运行。因为在一个健全严密的内部控制系统下,组织结构、制度和程序规定能在很大程度上减少风险,同时保证银行各级管理人员可以及时发现各种风险和隐患,及早采取措施防范风险,最大程度地减少损失。

2. 保证银行合规合法经营

市场经济是一种法制经济。股份制商业银行要持续、长期地经营下去,就必须严格遵守国家的各项政策、法律、规章、制度。如果违反这些政策和法规,银行不仅可能破坏整个社会的利益,而且将会受到经济制裁,从而损害自己在政府和社会公众中的形象与信誉,使无形资产价值折损,商业机会受到限制,扩张潜力变小,妨碍日后的经营和竞争能力的提高。因此,要求股份制银行建立一套完整的内部控制制度,使这一观念贯彻到业务的操作过程和全体员工的具体行动中去。

3. 确保经营方针、政策的贯彻执行

为了保证经营目标的实现,股份制银行应根据宏观经济形势、市场和竞争状况以及自己的长短期经营计划制定经营方针和政策。这些方针和政策要达到效果,需要内部控制系统确保它们的贯彻和执行。

4. 建立管理信息系统和信息交流制度

充分的信息和有效的交流,对内部控制体系的运作是不可缺少的。因此,股份制商业银行必须建立一个涵盖其全部活动的管理信息系统,并定期对其进行测试,确保其安全可靠。建立有效的交流渠道,保证在纵向上、横向上信息交流渠道畅通无阻,确保有关人员掌握必要的信息;建立信息交流制度,共享信息,为内部控制体系各要素的运转提供有效的信息支持,以便及时发现内部控制过程中的问题并采取有效的补救措施,保证内部控制目标的实现(盘晓娟,2005)[7]。

5. 促进各部门提高工作效率

现代股份制商业银行的机构庞大,业务繁多,为了保证各项业务高效、有序地进行,必须为每项业务制定详细、明确的操作规程,为每个岗位制定具体可行、便于考核的岗位责任,从而保证每项业务程序都有明确的标准。各部门、各业务、各岗位之间既相互配合、相互协调,又相互制约、相互监督,以避免不必要的重复劳动和浪费,遏制资源的无效使用,降低无效劳动和损失带来的成本,提高资源利用效益和工作效率。

由此可见,健全的内部控制所希望达到的目标包括经营的效益性、安全性和流动性。实际上,从根本上讲,一个组织的内部控制目标,取决于其本身的目标.效益性、安全性和流动性的统一正是股份制商业银行经营的目标。

四、股份制商业银行内部控制的特征

股份制商业银行的内部控制是管理控制理论体系中一个重要的应用分支,又是股份制商业银行管理过程中不可或缺的基本环节之一。与广义的控制理论与方法相比,股份制商业银行的内部控制具有以下几个明显的特征:

1. 股份制商业银行的内部控制是一个有机运作的系统

它不是内部某些单独的或独立的管理制度和方法,也不是内部各种管理制度的综合,而是股份制商业银行经营管理活动自我协调和制约的一种机制,是存在于各种管理制度中的一种有机控制的体系。因此,衡量股份制商业银行内部控制的程度及其有效性,不仅要考察其内部控制制度是否全面科学完善、内部控制要素是否齐备,还要看内部控制制度运作的环境是否有利以及系统运行是否正常、功能发挥是否有效。所以,在设计商业银行内部控制系统时,必须兼顾完整性、系统性、有效性[8]。

2. 股份制商业银行的内部控制是一种事前防范为主的控制

内部控制从技术类型上可划分为事后控制(反馈控制)、事中控制(内馈控制)和事前控制(前馈控制)。股份制商业银行经营风险的多发性、连带性与易于扩散的特点,决定了股份制商业银行的内部控制必须努力做到事前防范为主,所以制度体系和控制程序的设计必须建立在前馈控制的基础之上,并广泛运用信息管理技术和预测技术。

3. 股份制商业银行内部控制是动态立体的过程

它不是静态的由银行内部所建立的关于内部控制的各种规章制度组成的制度群,而是包括制度和程序的制订、实施、监督和纠正在内的一整套相互配合、相互补充、相互促进的动态立体的过程。

4. 股份制商业银行内部控制是一个有机整体

股份制商业银行内部控制不是控制机构和控制人员单独实施即可实现的,而是一个由董事会、高级管理层以及各级人员共同实现的程序。它涉及到银行组织内的每个人,而银行组织内的每个人都必须参与这一程序。它不是由银行内部各特定领域的内部控制构成的松散集合,而是涵盖了银行组织的经营管理、信息管理、风险管理、心理管理、人员安排等现代金融管理诸方面的全方位、各层次、综合性的

19

有机整体[9]。

5. 股份制商业银行内部控制依赖于市场经济的发育程度

股份制商业银行内部控制制度和机制的健全程度,依赖于市场经济并与此相适应,我国经济正处在向市场经济转轨时期,金融法规、制度尚不发达健全。因此,股份制商业银行内部控制的建设无疑是一项艰巨的工程。世界市场经济发达国家的制度实践,可供我国借鉴,这会降低制度建设的成本和代价。将发达国家成功的制度实践与我国政治、经济和文化、国情相结合,并在移植、改造、融合的基础上生长,便成为我国股份制商业银行内部控制制度之创新。合乎科学和逻辑的制度创新,势必有助于改善和提高我国股份制商业银行内部管理与控制水平,实现安全与效率目标[10]。

五、研究的意义

通过对我国股份制商业银行内部控制系统的设计,具有以下几个方面的积极意义:

1. 预防股份制商业银行大案、要案的发生

交通银行锦州分行的 2 亿贷款假核销案件,华夏银行沈阳分行盛京支行客户部的客户经理诈骗案,涉及了农业

银行、中国银行、建设银行、交通银行和光大银行的山西省"7.28特大金融诈骗案",光大银行广州分行越秀区支行骗贷案等,无不暴露出股份制商业银行内部控制机制的缺失。这些案件的出现表明,股份制商业银行在内部控制上明显存在着问题,主要表现在:对内部控制的认识出现偏差;体制优势的边际产出递减,有"体制回归"的迹象;有些股份制商业银行的内部控制文化尚未真正的建立;控制分散与控制不足并存;部分基层分支机构内部控制制度执行情况不容乐观;银行分支机构内部控制制度的检查、评价不足等等。因此,通过股份制商业银行内部控制系统的设计,完善银行内部控制,可以在一定程度上预防和减少案件的发生。

2. 配合监管当局的工作,从而促进和保障股份制商业银行稳健经营

股份制商业银行的健康发展不仅需要自身加强管理,还需要监管当局的外部监管相配合。银监会副主席唐双宁曾将我国商业银行内部控制方面存在的问题进行了全面的归纳总结,明确指出当前监管层将投入比较大的精力来督促商业银行内部机制的形成和执行。因此,从实际出发,只有股份制商业银行积极主动响应和配合监管当局的监管要求——加强内部控制的建设,才能在一个相对稳定的环境下健康运行。

21

3. 提高股份制商业银行自身的竞争力

随着商业银行股份制改革进程的加快,特别是中国已经加入 WTO,我国股份制商业银行将面对日益复杂的经济金融环境和更加激烈的市场竞争,将面临外资银行和中资商业银行双重竞争的压力,它们的生存将受到严重的威胁,因而,它们必须苦练"内功",通过建立和完善内部控制系统来提高抗风险能力,才能提高核心竞争能力,使其处于不败之地。因此,在新的经济金融环境下,研究如何构建我国股份制商业银行内部控制系统,健全内部控制,提高内部管理水平,就显得尤为重要,也更具有现实意义。

4. 稳定我国金融体系

经过十几年的发展,我国股份制商业银行促进了国民经济健康发展,在经营管理方面取得了重要成果,推动了我国金融市场的发育和金融业务创新,培养和锻炼了优秀的经营管理人才,创造了新的金融企业文化,它们已经成为我国金融体系的重要组成部分。而有关专家认为,银行内部管理不善和内部控制不力是影响整个金融体系稳定的重要原因。因此,作为我国金融体系重要组成部分的股份制商业银行也要加强自身内部控制的建设,才能促进保障我国金融体系的稳定。

第二节　研究的思路与方法

一、研究的思路

根据股份制商业银行内部控制的发展趋势和当前影响我国股份制商业银行内部控制系统建设的因素,提出我国股份制商业银行内部控制系统设计应遵循的原则并进行内部控制系统设计。希望通过研究,对完善我国股份制商业银行内部控制系统提供有价值的探索。

二、研究的方法

首先,拟采用内部控制理论等理论方法,系统探讨股份制商业银行的内部控制问题。系统研究方法是研究系统的一般模式、结构和规律,它研究各种系统的共同特征,描述其功能,寻求并确立适用于一切系统的原理、原则。它主张从整体出发,研究系统与系统、系统与组成部分以及系统与环境之间的普遍联系。根据系统论的观点,本书将股份制商业银行内部控制系统作为一个系统整体来研究,分析内部控制系统与各个子系统、各个子系统之间、内部控制系统与控制环境的相互联系和相互作用,阐述股份制商业银行内部控制各个子系统的功能和它们之间的结构关系,提出股份制商业银行内部控制系统的设计设想。

其次,还采用比较分析和归纳分析等方法。运用比较分析方法,通过对比巴塞尔委员会、COSO 委员会和我国商业银行内部控制理论的研究,总结出股份制商业银行内部控制的发展趋势;运用归纳分析法探讨股份制商业银行存在的主要问题。

第二章 中外关于股份制商业银行内部控制问题的相关研究

一般而言,对股份制商业银行内部控制的研究首先是从对股份制商业银行风险的研究开始的。20世纪80年代以后,世界上金融(银行)危机频繁发生,其对社会与经济发展的巨大影响和破坏作用,使人们对内部控制在股份制商业银行稳健运行中的重要性的认识不断增强,许多国家都加大了对股份制商业银行内部控制体系建设的研究力度,股份制商业银行内部控制体系建设的研究理论也逐步成熟起来。

第一节 国外相关研究及演进过程

要对股份制商业银行进行治理,首先是因为股份制商业银行的经营存在着较大的风险。因此,对股份制商业银行内部控制的研究首先是从对股份制商业银行风险的研究开始的。

一、国外关于股份制商业银行风险的研究

1. 关于风险的研究

什么是风险,学术界的说法不一。有的认为,风险是可测定的不确定性;也有的认为,风险是损失的可能性,或者风险是损失出现的概率或机会;还有的认为,风险就是潜在损失的变化范围与变动幅度。通常人们认为,风险就是发生不幸事件的概率。或者说,风险就是一个事件产生人们所不希望的后果的可能性。因此,风险较为一般的定义是:风险是某一事件预期后果估计中较为不利的一面。例如,美国学者 A. H. 威雷特指出:"风险是关于不愿发生的不确定性之客观体现。"日本学者武井勋认为:"风险是在特定环境中和特定期间内自然存在的导致经济损失的变化。"(于川等,1994)[11][12] 有关风险与不确定性关系的研究最早出自奈特(Knight)所述《风险、不确定性与利润》一书。

奈特认为,真正的不确定性与风险有着密切的联系,也有着本质的区别。不确定性是指经济行为人面临的直接或间接影响经济活动的无法充分准确地加以分析、预见的各种因素；而风险不仅取决于不确定性因素的不确定性的大小，而且还取决于收益函数的性质。所以，风险是从事后角度来看的由于不确定性因素而造成的损失①。也有学者认为，单纯把风险与不希望的(Undesirable)或不合意(Unexpected)发生的事物联系起来略显片面。"风险是未来结果发生的任何变化。人们采取某种行动时，他们事先能够肯定的所有可能的后果及每种后果出现的可能性，都叫风险。风险是指既可能出现坏的后果，也可能出现好的后果。"[13][14]上述两种观点各有侧重，前者强调了风险对社会经济生活的损害，后者则反映了不同风险主体对风险有着不同的看法。笔者倾向于第一种观点，因为这种概念比较清楚，而如果把好坏结果出现的可能性都称为风险，实际上是否认了风险的存在。

　　风险具有五个基本性质：一是客观性。风险并非基于人们的心理作用而产生，它不以人的意志为转移，在现实生活中客观存在。二是不确定性。风险程度的大小，风险由可能损失转变为现实损失的时间和地点事前不能判定。三是可测性。风险是可测量、评估、控制和防范的。四是风险

27

---

　　① 　The New Palgrave dictionary of Money and Finance(Ⅲ)(《新帕尔格雷夫货币与金融大典》)Edited by Peter Newman, Murray Milgate and John Eatwell, Published by the Macmillan Press Limited, 1992.

的不利性。风险的各种表现形式,诸如损失、失败等对风险主体都是不利的。五是风险与利益的对称性。这是指风险和利益两种可能性对其主体来说是必然同时存在的,而且风险是利益的代价,利益是风险的报酬,风险和利益相辅相成。

2. 关于股份制商业银行风险的研究

股份制商业银行风险是指股份制商业银行在经营活动过程中,由于事前无法预料的不确定因素的影响,使股份制商业银行的实际收益与预期收益产生偏差,从而有蒙受经济损失、减少甚至丧失获取额外收益机会的可能性或不确定性。在具体理解股份制商业银行风险的涵义时,我们必须明确四点:首先,股份制商业银行风险的承担者是与其经济活动有关的经济主体,如居民、企业、商业银行、非银行金融中介机构以及政府等。其次,股份制商业银行风险与其收益是成正比的,风险越高,蒙受经济损失的概率越大,但获取超额利润的可能性也随之增加。再次,股份制商业银行风险更多的是指动态风险,是经济运行中风险的反映。它隐含地指出了股份制商业银行如何进行信贷管理和经营变革,以降低风险的负面效应,提高金融效率。最后,股份制商业银行风险是一个变化的、具有多方面多层次风险内容的概念范畴。风险作用于股份制商业银行经营活动的全过程,而不局限于资产业务和负债业务,还包括中间业务、衍生业务和表外业务等,伴随着股份制商业银行的发展,股份制商业银行风险的内容正在不断扩充。因此,研究股份制商业银行风险不可能囊括一切方面,而是应该结合经济发展的特定阶段,有重点、有共性地去研究,在不同时期有不同的侧重点。

形成股份制商业银行风险的因素是多方面的,因而划分股份制商业银行风险的种类也是复杂的。巴塞尔银行监管委员会在 1997 年 9 月公布的《有效银行监管的核心原则》中,将银行业面临的主要风险归纳为八个方面,即信用风险、国家和转移风险、市场风险、利率风险、流动性风险、操作风险、法律风险和声誉风险。(国际清算银行,1998)[15]

普华永道会计财务咨询公司(Coopers & Lybrand)在其组织编写的《金融企业风险管理的通用原则》(Generally Accepted Risk Principles,直译为《普遍接受的风险原则》)中,对商业银行或其他金融机构所面临的风险进行了具体的划分,将风险归纳为六个方面:①信用风险,含直接信用风险、信用相等的敞口和清算风险;②市场风险,含相关性风险、股票风险、利率风险、货币风险、商品风险和信用价差风险;③资产组合集中程度,包括工具、主要交易和产业方面的风险;④流动风险,即市场流动风险和谨慎的流动风险;⑤操作风险,包括交易风险、操作控制风险和系统风险①;⑥业务或事件风险,包括货币兑换风险、信用等级变化、信誉风险、税收风险、法律风险、灾害风险和监管风险。

根据不同的标准,股份制商业银行的风险可分为不同的类型。根据风险的性质,将股份制商业银行风险分为静态风险和动态风险;根据风险的主体构成,把股份制商业银行风险分为资产风险、负债风险和中间业务风险及外汇业务风险;根据风险的程度,将股份制商业银行风险分为低度风险、中度风险和高度风险等。还有一种分类方法,那就是根据股份制商业银行在业务经营过程中面临的风险,把股份制商业银行风险分为信用风险、市场风险(包括利率和汇率风险)、流动性风险、资本风险(清偿力风险)、操作风险和法律风险等,这是股份制商业银行风险分类中最为常见的一种划分方法,参见图2—1。

3. 股份制商业银行风险是金融风险防范的重点

金融风险在各个特定的国家和时期具有不同的表现形式,对国民经济的影响程度也各不相同。股份制商业银行

---

① 这里的系统风险是指银行的管理信息系统或电脑软件的开发和操作系统以及通讯系统,它与我们通常所提到的系统风险(systematic Risk)和非系统风险(Unsystematic Risk)中的系统风险的涵义是有区别的。

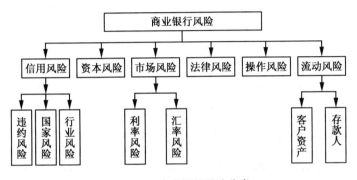

图 2—1 商业银行风险分类

在经济发展中的特殊地位和股份制商业银行风险的巨大外在成本,决定了股份制商业银行风险是金融风险防范的重点。

　　首先,股份制商业银行仍然是各国经济发展中最重要的信用中介。金融中介最主要作用是协调资金供求双方的行为,凭借自身专业化的地位,帮助双方降低交易费用,促使交易达成,从而使总的交易规模得以扩大,社会福利得以增进。各类金融中介之中,股份制商业银行是最为复杂和重要的,具有不可替代的属性。这是因为:①它能有效协调资金供求双方对流动性的不同要求,降低交易费用,扩大社会经济总量。②它在交易结算方面具有的特殊功能,使之成为现代市场经济的润滑剂,对经济发展具有重要推动作用,即使在直接融资非常发达的西方国家,股份制商业银行的地位也不容取代。③在金融市场信息不完全的情况下，股份制商业银行比其他金融中介更有利于解决激励与约束问题。

其次，股份制商业银行风险在可量化的金融风险中占比最大。股份制商业银行风险与非银行金融机构的潜在风险相比，其数量和程度都更加突出。从风险机制的作用过程来看，外债风险、证券风险、外汇市场风险都直接或间接地以股份制商业银行为载体，最终引发股份制商业银行的信用风险、利率风险、汇率风险、流动性风险等典型风险，并迅速通过银行体系扩展到整个金融系统乃至整个国民经济，造成整个金融体系的动荡。

再者，股份制商业银行风险的两重性使银行风险具有外移的巨大社会成本。股份制商业银行风险的外部性表现为股份制商业银行风险成本的两重性，即不仅包括与一般企业相同的微观成本，而且还包含巨大的宏观成本。这种宏观成本包括对交易平衡的影响，对借者、对支付体系和其他银行信心的影响。具体来讲，一方面，银行破产将使银行向社会提供的有价值的金融服务受到破坏，存款者得不到他们的货币，而借款者得不到信用，支付体系持续有效职能也将解体，作为对其他银行失去信任的结果，将进一步威胁到金融体系以及货币供应的稳定，最终可能导致金融危机。

正因为如此,股份制商业银行与一般工商企业及非银行金融中介不同,不能轻易地在市场上自由破产;另一方面,股份制商业银行的资产不易在金融市场上出售,变现能力较低,然而其变现的压力却又随时存在。因此,这种流动性风险使股份制商业银行预防和控制风险损失的成本要高于其他金融中介机构。同时,这种宏观成本还体现在股份制商业银行风险对整个金融体系和国民经济发展的长期影响上。有银行危机的国家不仅要付出高昂的代价,而且金融体系的彻底恢复也需要很长的时间。

二、国外关于股份制商业银行内部控制的研究

1. 研究综述

20 世纪 80 年代以后,世界上金融(银行)危机频繁发生,随着人们对内部控制在股份制商业银行稳健运行中的重要性认识的不断提高,许多国家都加大了对股份制商业银行内部控制的研究力度。

爱沙尼亚政府于 1994 年通过了一项有关信贷机构的新法律,加强了中央银行的监管和执行能力,要求所有商业银行建立内部审计部门,并由外部审计人员进行年度审计[16]。

拉托维亚政府 1995 年 10 月出台了更加详细、范围更广泛的商业银行法,注重从审慎的规章制度方面要求商业银行设立内部控制部门,并安排外部会计公司来对商业银行自身的检查监督工作进行补充和再监督。

泰国政府在东南亚金融危机后,整顿了金融体系,严肃了市场交易规则,要求各银行建立风险防范机制,特别针对商业银行信贷投向不合理的问题进行了规定,规定银行给某一个行业的贷款不得超过贷款总额的 20%,贷款数量不能超过项目所需资金的 60%。

新西兰政府于 1996 年推行了新的银行监管制度,提出中央银行虽然有责任保护银行体系,但是当银行出现问题时,不再出面挽救,希望以此促进商业银行完善内部控制制度。

近年来,巴塞尔委员会对商业银行内部控制问题也给予了高度重视。巴塞尔委员会是十国集团中央银行行长们于 1974 年底建立的银行法规与监管事务委员会,是世界银行监管领域最重要的国际组织[17]。虽然巴塞尔委员会的成员仅限于十国集团的国家,但就委员会所颁布的各项监管原则与标准而言,其适用范围已经远远超过了最初设计的地域范围。近年来,为了顺应国际金融市场一体化的要求,并提高全球金融体系的稳定性,巴塞尔委员会对其工作方法进行了调整,委员会越来越重视非"十国集团"国家的广泛参与，以此来扩大其在监管领域的影响，提高各项文件的普及性和适用性，所以包括中国在内的许多国家都采纳了巴塞尔委员会协议所规定的要求[18][19][20]。

自巴塞尔委员会成立以来，先后颁布了许多包含着商业银行内部控制思想的重要文件，如 1988 年的《关于统一国际银行的资本计算和标准的报告》，即《巴塞尔协议》，1997 年的《银行业有效监管核心原则》，即《核心原则》[21][22]。尤其是 1998 年 1 月，巴塞尔委员会在吸收了各成员国家经验及其以前出版物所确定的原则的基础上，参照内部控制理论，针对银行失败的案例和教训，颁布了一份旨在适用于银行一切表内表外业务的《内部控制系统评估框架》（征求意见稿），它描述了一个健全的内部控制系统由控制环境、风险评估、控制活动、信息与交流、监督评价纠正五个基本要素构成，提出了 13 条指导性原则[23]。

巴塞尔委员会《内部控制系统评估框架》是内部控制理论在金融、银行领域的延伸和发展，它所提出的核心内容已经在世界范围内被普遍认同和接受，对许多国家商业银行内部控制体系的构建起到了指导性的作用[24]。

2. 巴塞尔委员会关于商业银行内部控制评估理论

1998 年 1 月，巴塞尔委员会在吸收了各成员国家经验及其以前出版物所确定的原则的基础上，参照内部控制理论,针对银行失败的教训,颁布了一份旨在适用于银行一切表内表外业务的《内部控制系统评估框架》(征求意见稿),它描述了一个健全的内部控制系统及其基本构成要素,提出了 13 条原则。

(1)控制环境。

原则 1:董事会应当负责批准并定期审查整体经营战略和银行的重大政策;理解银行经营的主要风险,确定这些风险的可接受水平,保证高级管理层采取必要步骤,识别、衡量、评审和控制风险,并确保高级管理层不断评审内部控制系统的有效性。在确保建立和维护充分、有效的内部控制系统方面,董事会负有最终的责任。

原则 2:高级管理层负责执行由董事会批准的策略和政策,维护一种组织结构,能够明确责任、授权和报告的关系;确保所委派的任务能有效地执行;确定适当的内部控制政策,并监督评审内部控制系统的充分性和有效性。

原则 3:董事会和高级管理层负责促进在道德和完整性方面的高标准,在机构中建立一种文化,在各级人员中强调和说明内部控制的重要性。银行机构中的所有人员都需要理解他们在内部控制程序中的作用,并在程序中充分发挥他们的作用。

(2)风险评估。

原则 4：有效的内部控制系统需要识别和不断地评估有可能对达到银行目的起负作用的有关风险。这种评估应包括银行和银行组织集团所面对的全部风险（即信贷风险、国家和转移风险、市场风险、利率风险、流动性风险、经营风险、法律风险和声誉风险），需要不时调整内部控制，以便恰当地处理任何风险。

（3）控制活动。

原则 5：控制活动应当是银行日常工作的不可分割的一部分。有效的内部控制系统需要建立适当的控制结构，明确规定各经营级别的控制活动，这些活动应当包括高层审查；对不同部门或处室的活动的适当控制；检查对敞口限额的遵从情况；对违规经营的跟踪及处理情况；批准和授权制度；查证核实与对账制度。

原则 6：有效的内部控制系统需要适当分离职责；人员的安排不能发生责任冲突。要识别和尽力缩小有潜在利益冲突的地方，并遵从谨慎和独立的监督评审。

（4）信息与交流。

原则 7：一个有效的内部控制系统需要充分的和全面的内部财务、经营和遵从性方面的数据，以及关于外部市场中与决策相关的事件和条件的信息。这些信息应当可靠、及时、可获，并能以前后一致的形式规范地提供使用。

原则 8:有效的内部控制需要建立可靠的信息系统,涵盖银行的全部重要活动。这些系统,包括那些以某种电子形式存储和使用数据的系统,都必须受到安全保护和独立的监督评审,并通过对突发事件的充分安排加以支持。

原则 9:有效的内部控制系统需要有效的交流渠道,确保所有员工充分理解和坚持各项政策和程序,行使他们的职责,并确保其他的相关信息传达到应被传达到的人员。

(5)监督评审纠正。

原则 10:应当不断地在日常工作中监督评审银行内部控制的总体效果。对主要风险的监督评审应当是银行日常活动的一部分,并且各级经营层和内部审计人员应当定期予以评价。

原则 11:内部控制系统应当进行有效和全面的内部审计。内部审计要独立地进行,应由通过适合的培训和得力的人员进行。内部审计作为内部控制系统监督评审的一部分,应当向董事会或其审计委员会直接报告工作,并向高级管理层直接报告。

原则 12:不论是经营层或是其他控制人员发现了内部控制的缺点都应当及时地向适当的管理层报告,并使其得到果断处理。

此外,巴塞尔委员会还针对监管当局对内部控制系统

的评价提出了下列原则,即:

原则13:监管人员应当要求所有的银行,不论其规模如何,都具有有效的内部控制系统,而且其内部控制系统符合他们的表内外活动的性质、复杂性和内在的风险;内部控制制度应当随着银行所处环境和条件的改变而得到及时调整。

目前,《内部控制系统评估框架》充分借鉴了内部控制相关理论,同时又具体针对商业银行经营活动的实际情况,因而它所提出的核心内容已经在世界范围内被普遍认同和接受,对许多国家商业银行内部控制系统的评价和构建都起到了指导性的作用。

当然,除了巴塞尔委员会之外,还有其他一些组织也制定了相应的规则。本书将在后面的比较分析中继续进行详细的探讨。

第二节 国内相关研究现状

国内有关股份制商业银行内部控制理论的研究起步较晚,直到20世纪80年代,学术界和有关监管当局才比较有系统地进行这一领域的探索和研究。

20世纪80年代以后,国家和有关监管部门陆续制订并颁布了《中华人民共和国商业银行法》、《信贷资金管理暂行办法》、《贷款通则》、《关于商业银行资产负债比例管理暂行监控指标》、《商业银行资产负债比例管理考核办法》、《贷款风险分类指导原则》、《加强金融机构内部控制的指导原则》、《中华人民共和国会计法》、《商业银行内部控制指引》、《商业银行内部控制评价试行办法》等有关法律、法规与制度。上述法规、规章、制度在不同阶段都对我国股份制商业银行的内部控制建设起到了极大的推动作用。

　　20 世纪 80 年代末 90 年代初,特别是 1995 年巴林银行倒闭后,国内专家和学者对股份制商业银行内部控制问题普遍关注和研究,并取得了一些有价值的成果。但是总的来说,这些研究一方面对股份制商业银行内部控制的微观操作层面研究较多,多以研究业务控制或岗位制约、操作流程为主,研究具体业务控制的较多;另一方面针对股份制商业银行进行内部控制的总体控制设计的很少,全面性和系统性不够,而内部控制的总体控制设计相对于具体控制设计具有更加基础性、长效性和系统性的特点。因此,在我国现阶段,迫切需要在充分借鉴世界股份制商业银行内部控制先进理论,考察我国股份制商业银行内部控制现状的基础上,分析存在的问题,进而从理论上更全面、系统地研究我国股份制商业银行内部控制系统的总体控制设计和构建问题,通过理论研究来指导股份制商业银行内部控制的实践工作。

一、我国股份制商业银行内部控制理论

为了促进我国商业银行建立和健全内部控制的体系,防范金融风险,保障银行体系安全稳健运行,中国人民银行于 2002 年 9 月 7 日制定并公布了《商业银行内部控制指引》。中国银行业监督管理委员会成立后,于 2004 年 12 月 25 日制定并公布了《商业银行内部控制评价试行办法》,并从 2005 年 2 月 1 日起施行。这是我国银行监管部门实施的对包括股份制商业银行在内的各商业银行的最新的内部控制评价制度。

《商业银行内部控制评价试行办法》认为,内部控制是商业银行为实现经营管理目标,通过制定并实施系统化的政策、程序和方案,对风险进行有效识别、评估、控制、监测。

《商业银行内部控制评价试行办法》包括总则、评价目标与原则、评价内容、评价程序与方法、评价标准、评价等级、罚则和附则,共八章七十二条。

商业银行内部控制的目标是:促进商业银行严格遵守国家法律法规、银监会的监管要求和商业银行审慎经营原则;促进商业银行提高风险管理水平,保证其发展战略和经

营目标的实现;促进商业银行增强业务、财务和管理信息的真实性、完整性和及时性;促进商业银行各级管理者和员工强化内部控制意识,严格贯彻落实各项控制措施,确保内部控制体系得到有效运行;促进商业银行在出现业务创新、机构重组及新设等重大变化时,及时有效地评估和控制可能出现的风险。

商业银行内部控制的原则有:全面性原则,评价范围应覆盖商业银行内部控制活动的全过程及所有的系统、部门和岗位;统一性原则,评价的准则、范围、程序和方法等应保持一致,以确保评价过程的准确及评价结果的客观和可比;独立性原则,评价应由银监会或受委托评价机构独立进行;公正性原则,评价应以事实为基础,以法律法规、监管要求为准则,客观公正,实事求是;重要性原则,评价应依据风险和控制的重要性确定重点,关注重点区域和重点业务;及时性原则,评价应按照规定的时间间隔持续进行,当经营管理环境发生重大变化时,应及时重新评价。

商业银行内部控制评价内容包括:内部控制环境;风险识别与评估;内部控制措施;监督评价与纠正;信息交流与反馈。

股份制商业银行的内部控制应当与股份制商业银行的经营规模、业务范围和风险特点相适应,以合理的成本实现内部控制的目标。

二、股份制商业银行内部控制理论的分析

通过以上比较和分析可以看出,股份制商业银行内部控制理论的总体趋势是大体一致的,它们体现股份制商业银行内部控制的最新发展和要求,包含以下思想[26][27][28][29]:

1. 明确内部控制责任,特别是强调高级管理层的控制责任

内部控制不仅仅是管理人员、内部审计或董事会的责任,组织中的每一个人都对内部控制负有责任。确立这种思想有利于将银行所有员工团结一致,使其主动地维护、改善银行的内部控制,而不是与管理层相互对立,被动地执行内部控制。同时特别强调高级管理层对内部控制的责任,董事会应当充分理解银行的主要风险,正确设定风险的可接受水平,并定期监督高级管理层识别、评估、监督和控制这些风险,确保内部控制系统的有效性;建立独立的审计委员会行使监督职责;高级管理层负责制定识别、评估、控制和监督风险的程序和有效的内部控制政策。

2. 建立严密有效的组织结构和职责相互独立的业务部门

银行的组织结构是对银行经营进行计划、指挥和控制的组织基础，因此股份制商业银行应当非常重视对银行内部组织结构的设计，做到职责分工合理，使银行能够顺畅地运行和有效地执行领导者的管理意图。银行业务的性质要求银行的一项业务至少应该有两个或两个以上的人或部门参与记录、核算和管理，因此各职能部门要做到相对独立，以达到内部控制所要求的双重控制和交叉检查的效果。

3. 电子化风险控制手段的应用

随着金融工具的日益现代化，股份制商业银行普遍加强了电脑在内部管理上的应用，改进和完善银行内部控制的手段。目前，电脑已经被普遍应用在信贷管理、国际结算、信息交流、内部审计等各方面业务上，在一定程度上消除了因为个人的疏忽而导致的业务失误，并有效地防范了道德风险。同时，由于股份制商业银行内部控制要受到成本收益原则的制约，采用电子化风险控制手段也是降低控制成本、提高控制收益的重要方法。

4. 强调内部控制应该与经营管理过程相结合

经营过程是通过规划、执行及监督等基本的管理过程对企业加以管理。这个过程由组织的某一个单位或部门进行，或由若干个单位或部门共同进行。内部控制是企业经营过程的一部分，应当与经营过程结合在一起，而不是凌驾于银行经营基本活动之上,它的目标是使银行经营达到预期的效果,并监督经营活动持续进行。

5. 强调内部控制是一个"动态过程"

内部控制是对整个经营管理活动进行监督与控制的过程。经营活动是永不停止的,因此银行的内部控制过程也不会停止。更重要的是银行内部控制不是一项制度或一个机械的规定,银行经营管理环境的变化必然要求内部控制随之变化,并且越来越趋于完善,内部控制应该是一个发现问题、解决问题、发现新问题、解决新问题的循环往复的过程。

6. 倡导控制文化,强调"人"的重要性

强调股份制商业银行董事会和高级管理层在负责促进控制文化的建立中的重要作用,高级管理层应当向各级人员强调和说明内部控制的重要性,通过良好的内部控制氛围让银行中的所有员工都理解他们在内部控制中的作用。再完美的内部控制也要通过"人"来完成,因此股份制商业银行内部控制倡导和营造的控制文化,将使内部控制更具有持久的生命力。

7. 强调风险意识

现代社会是一个充满竞争的社会,每一个企业都面临着成功的挑战和失败的风险,对风险的管理是现代企业的

45

主旋律之一。风险影响着每个企业生存和发展的能力,也影响其在产业中的竞争力及在市场上的声誉和形象。所有的企业,不论其规模、结构、性质或产业是什么,其组织的不同层级都会遭遇风险,管理层必须密切注意各层级的风险,并采取必要的管理措施。强调风险意识对于银行业这样一个具有特殊职能的高风险行业,就更为重要,特别是在当今的国际金融环境下,股份制商业银行更要在经营活动中树立风险意识,尤其要在金融创新中考虑风险因素。

8. 强调内部控制的目标及分类

目标的设定是股份制商业银行内部控制的组成要素,它是银行开展内部控制的先决条件,它将影响股份制商业银行内部控制系统中其他要素,影响银行对经营风险的识别和评估,影响内部控制系统中对信息的采集和处理,也影响内部控制措施的指定和内部控制活动的开展。内部控制目标不是单一的,它可以是多元化的,可以分为遵从法律法规方面的目标,实现经营效果和效率方面的目标,以及保证财务信息真实、完整等方面的目标。

9. 强调信息交流

内部控制系统要建立信息系统以保证信息的完整性、可靠性和可获得性;信息系统要与信息技术、电子技术相结合,以提高信息系统的运作效率;还要建立有效的信息交流、传达渠道,保证信息及时、正确地传达。通过信息系统使内部控制系统中各个要素和环节相互连接,形成一个高效运转的整体。

10. 强调成本收益原则

内部控制的建立要受到成本收益原则的制约。内部控制并不是要消除任何滥用职权的可能性,而是要创造一种为防范滥用职权而投入的成本与滥用职权的累计数额之比较呈现合理状态的机制。内部控制只能为实现股份制商业银行目标提供合理保证。在内部控制系统的建设中,我们可以通过现代化控制手段的应用和合理的组织机构的设计来减少控制环节,从而降低内部控制的成本,增加控制收益。

第三节　现有股份制商业银行
内部控制理论的评价

一、股份制商业银行内部控制理论的比较评价

COSO《内部控制——整体框架》理论、巴塞尔《内部控制系统评估框架》和我国《商业银行内部控制评价试行办法》代表了股份制商业银行内部控制理论的最新成果,本书

就这三大理论分别从内部控制的目标、内部控制的构成要素以及内部控制与管理活动的关系方面进行比较。

1. 内部控制目标方面的比较

COSO《内部控制——整体框架》理论、巴塞尔《内部控制系统评估框架》和我国《商业银行内部控制评价试行办法》在内部控制目标上的比较,见表2—1。

表2—1　　　COSO《内部控制——整体框架》、巴塞尔
《内部控制系统评估框架》和《商业银行内部
控制评价试行办法》内部控制目标的比较

目标	《内部控制——整体框架》	《内部控制系统评估框架》	《商业银行内部控制评价试行办法》
1	财务报告的可靠性	信息性目标:财务和管理的可靠性、完整性和及时性	确保业务、财务和管理信息的真实性、完整性和及时性
2	对现行法规的遵循	遵从性目标:遵从现行的法律和规章制度	促进国家法律法规、监管要求和审慎经营原则得到严格遵守
3	经营的效果和效率	操作性目标:各种活动的效果和效率	促进商业银行发展战略和经营目标的实现
4			确保内部控制体系的有效运行

通过比较可以看出,这三大理论在内部控制目标上基本一致,都包括通过内部控制实现财务报告的可靠性,实现对法律、法规的遵循,实现经营效果和效率等三个方面。我

国《商业银行内部控制评价试行办法》更强调了通过股份制商业银行内部控制来确保股份制商业银行风险管理体系的有效性,将股份制商业银行内部控制作为风险管理体系作用有效发挥的重要手段,进一步突出了风险意识。

2. 内部控制构成要素方面的比较

COSO《内部控制——整体框架》理论、巴塞尔《内部控制系统评估框架》和我国《商业银行内部控制评价试行办法》在内部控制构成要素方面的比较,见表2—2。

表2—2 COSO《内部控制——整体框架》、巴塞尔《内部控制系统评估框架》和《商业银行内部控制评价试行办法》内部控制要素的比较

49

《内部控制——整体框架》	《内部控制系统评估框架》	《商业银行内部控制评价试行办法》
控制环境	管理层的督促与控制文化	内部控制环境
风险评估	风险的识别与评估	风险识别与评估
控制活动	控制活动与职责分离	内部控制措施
信息与沟通	信息与交流	信息交流与反馈
监督反馈	监督评审活动与缺陷纠正	监督评价与纠正

通过比较可以看出,这三大理论在内部控制的构成要素方面大体一致。巴塞尔《内部控制系统评估框架》更加看重控制文化和管理层督促在内部控制中的作用。巴塞尔《内部控制系统评估框架》和我国《商业银行内部控制评价

试行办法》都将对内部控制系统进行监督反馈之后的缺陷纠正活动纳入到股份制商业银行内部控制系统,从而更加突出内部控制系统本身的自我完善、自我改进和自我修复作用,因此更加强调在进行内部控制设计时要充分考虑到保证监督、反馈和纠正要求实现的机构设置和相应的良好传递这方面信息的渠道,也提出了系统设计的动态性要求。

3. 与管理活动关系方面的比较

COSO《内部控制——整体框架》理论、巴塞尔《内部控制系统评估框架》和我国《商业银行内部控制评价试行办法》在内部控制与管理活动关系方面的比较,见表2-3。

表2-3　　　　COSO《内部控制——整体框架》、巴塞尔
《内部控制系统评估框架》和我国《商业银行内部
控制评价试行办法》与管理活动关系的比较

管理活动	《内部控制——整体框架》	《内部控制系统评估框架》	《商业银行内部控制评价试行办法》
1. 整体目标的设计	非内部控制	非内部控制	非内部控制
2. 战略计划	非内部控制	内部控制	非内部控制
3. 内部控制环境因素设立	内部控制	内部控制	内部控制
4. 业务活动水平目标设立	非内部控制	非内部控制	内部控制
5. 风险识别活动	内部控制	内部控制	内部控制
6. 风险管理	非内部控制	内部控制	内部控制

管理活动	《内部控制——整体框架》	《内部控制系统评估框架》	《商业银行内部控制评价试行办法》
7. 控制活动的实施	内部控制	内部控制	内部控制
8. 信息识别、采集和交流	内部控制	内部控制	内部控制
9. 监督评审	内部控制	内部控制	内部控制
10. 纠正行为	非内部控制	内部控制	内部控制

注：表2—1、表2—2、表2—3根据COSO《内部控制－整体框架》、巴塞尔《内部控制系统评估框架》和我国《商业银行内部控制评价试行办法》整理所得。

通过比较发现，这三大理论在涵盖管理活动的范围方面大部分相同，都包括环境因素的设立、风险识别活动、控制活动的实施、监督评价、信息识别采集和交流方面的管理活动。同COSO内部控制理论相比，《内部控制系统评估框架》和我国《商业银行内部控制评价试行办法》将内部控制整体战略计划、风险管理活动和纠正行为纳入到内部控制体系中，强调内部控制战略计划、风险管理和纠正活动都是内部控制管理活动的重要组成部分。

二、股份制商业银行内部控制模式的比较评价

1. 股份制商业银行公司治理模式的比较

　　一种观点认为[30]，发达国家股份制商业银行的公司治理结构主要有两种模式：一种是以英美国家为代表的单层模式，也称为"保持距离型"（arms-length）模式，或市场型的治理结构；另一种是以德日国家为代表的双层董事会模式，也称为"控制导向型"（control-oriented）模式，或管理型的治理结构。英美模式深受亚当·斯密市场哲学（稀缺资源的最优配置理论）的影响，设定银行公司治理的目的是要实现股东价值最大化，银行应当为股东所控制，银行所创造出的利润应通过红利分配使其回到市场去，由市场机制重新配置，以实现更好的效益。而欧洲大陆国家则强调要对"看不见的手"进行一定的修正，他们更多地信奉"创新企业理论"：创新是一个开发过程，它需要有计划、有组织、长期的分工协作，它的基础条件是资金的稳定来源、人力资源的有效供给，如果公司追求股东的利益，满足那些追求短期的证券投资者欲望，只会破坏组织创新，影响银行公司的长期效益。因此，德日模式下的银行公司治理较为重视政府的作用和社会整体利益的实现。银行只是由不同利益集团所组成的联盟，银行的公司治理应当试图在这些不同利益集团中间找到一种均衡，公司治理的目的就是要实现利益相关者的共同利益。

2. 不同的资本结构

(1)美国股份制商业银行的资本结构。美国由于对银行跨州经营和设立分行的管制,出现了大量的银行控股公司,即控制一家或两家银行股份的公司,这种资本结构由于20世纪80年代以来的银行制度综合化导致的并购频繁而得到加强。大的股份制商业银行为了打破地域和分业的限制,利用银行控股公司的形式控制不同地区的银行,形成以银行为主体的金融控股公司。

(2)日本股份制商业银行的资本结构。日本股份制商业银行分为城市银行和地方银行。城市银行都是大型股份制商业银行,经过合并,目前有9家。在持股形式上的特点是银行和财团内的公司相互持股。同时金融机构之间的相互持股比例也很高。1998年,日本前20家大银行的金融机构持股达37.2%。

英国和美国的银行多数所有权主要由集团公司、家族和个人大额持股,银行股票公开发行以后,持有原始股的家族经常保留大量的股份。但德国和日本的银行公司的金融机构交叉持股和机构持股现象非常普遍。德国的三大银行在实质上控制了他们自己,比如,在近年来的股东大会上,德意志银行持有自身股份表决权的47.2%。

3. 银行不同治理结构的有效性分析

客观地说,上述两种治理结构在不同国家、不同的环境下均发挥了相当重要的作用,两种模式在降低委托代理成本、保持相关利益主体的利益均衡、促使企业尽可能地提高运行效率方面依然存在许多共性,主要表现在以下几个方面:①保持企业经营的可竞争性,这种竞争的压力一方面来自外部的市场;另一方面来自内部的董事会和经营者。②存在清晰的信息披露、采集、分析机制。尽管方式不同,英美模式和德日模式都强调向投资者(外部或者内部)提供准确的信息,并通过特定的方式(市场股价波动或者内部分析报告)及时进行分析,以便相关利益团体做出相应的评估。③合理配置和行使企业控制权,其中的要点主要是,使剩余索取权和剩余控制权尽可能对应在公司治理结构层次上。剩余索取权主要表现为其拥有者在收益分配序列上是最后的索取者,也是风险承担者;剩余控制权主要表现为投票权,也就是拥有对合同中没有说定的事情的决策权。如果拥有剩余控制权的人没有剩余索取权,则其手中的剩余控制权就将是"廉价投票权"。"廉价投票权"必然会使所有者对于经理层的控制缺乏效率,也可能使不称职的经理层更易于在这种治理结构中牟取生存空间。④对于董事会、经理层和职工都要形成有效的监督和评价体系。⑤具有完善的、清晰的、市场化的激励机制。例如,应当根据业绩,动态确定并适时调整经理层的收入水平。

4. 结论

两种模式的产生和发展有不同的金融系统背景,同时也受到主观偏好的影响,即对"稀缺资源的最优配置理论"和创新企业理论的争论的偏好,但他们的进一步发展有一个自我强化的过程,这就是制度变迁理论中的路径依赖。制度变迁理论认为,初始点确定后,制度在演化过程中外部环境和自身状况会出现一种正反馈现象并导致初始制度的强化和变化空间的缩小。比如德日模式,在路径依赖的影响下,随着其发展,组织资源愈来愈丰富、完善、有效,市场资源的发展,被利用制度受到约束,反之亦然。目前来看,两种银行治理模式越来越呈现出融合的趋势。特别是 20 世纪 90 年代初,日本和德国的经济衰退,促使人们反思交叉持股等治理结构的弱点,着力弥补德日模式缺乏可竞争性(contestability)的关键性缺陷。

日本和德国的银行近年来也逐渐借助英美银行的经验,加大外部董事在银行公司治理方面的作用,包括数量、提名方式等;从公司控制来看,日本由于金融系统改革使得银行公司治理问题暴露无遗,显然内部控制不再是概率的小事件。

两种治理结构的融合趋势带给我们很大启示,我国的股份制商业银行处在改制的关键阶段,治理结构是股份制商业银行经营成功的关键之一,研究发达国家股份制商业银行公司的治理结构,学习他们股份制商业银行治理的成功经验,对此不无裨益。在实践的过程中,可以全面考虑英美模式和德日模式的长处和不足,采取有效的手段和方法,借鉴使用,并以我国的国情和股份制商业银行公司治理的实际为依据,这样就会更有效地发挥作用。

第四节 传统内部控制的局限性

传统内部控制有一定的局限性,其主要表现在以下几方面。

一、目的的狭隘性

注册会计师审查的内部控制,其范围仅仅是与财务报告有关,及与保障资产安全,使资产不致在未经授权的情况下取得、使用及处分有关的内部控制制度为限。其中与保障资产安全使资产不致在未经授权的情况下取得、使用及处分有关的内部控制,主要是属于与营运有关的内部控制,有些层面也涉及与财务报告或与法令遵循有关的内部控制。

因此,传统的内部控制测试的目的主要是为了更好地达到审计目的。当前,注册会计师对企业内部控制制度的评价是站在报表审计的角度上,为了确定实质性测试的广度和深度而对企业的内部控制的完整性和有效性进行测试和评价。测试和评价的内容主要是对报表数据的公允性和真实性有影响的部分,即内部会计控制部分。

二、对会计控制的"偏爱"

由于认识上的误区,很多人都认为内部控制实际上就等于会计控制,从而导致了现阶段内部控制评价的内容也仅仅局限于公司的会计控制,完全只是从公司的财务报表的各个组成项目出发,通过对公司或企业进行符合性测试和实质性测试来评价公司的内部控制风险。但实际上随着内部控制理论的不断发展,内部控制的内容也在发生变化,并且会计控制只是公司内部控制制度的组成部分之一。如果对内部控制的评价仅仅局限于会计控制,就容易忽视公司内部控制坏境对内部控制的影响,从而导致对公司的内部控制做出错误的评价。要对公司内部控制的效果进行评价,就必须全面渗透到公司内部控制的各个层面,贯穿于公司经营管理的各个方面。

三、评价内容的残缺性

现代学者认为，与以前会计职业人员将内部控制仅仅局限于传统的会计控制的观点比较，修改后的国际准则将内部控制划分为控制环境、风险评估、控制活动、信息与沟通、监督五个元素，这些是实现有效控制的关键，并且在现代公司制企业中内部控制应该嵌入到企业的各个环节，而不是仅仅建立在企业的经营运作环节上。在现代企业内部控制中，有一些传统的控制活动仍然起着重要作用（特别是信息处理控制），但是，有一些传统的控制活动在现代企业中的作用越来越弱（比如授权的多元化、交叉稽核）。

第三章　股份制商业银行
内部控制框架分析

第一节　发达国家股份制商业
银行内部控制框架

一、国外股份制商业银行的组织结构设计——监督机构的权威性

发达、比较发达国家的股份制商业银行,一般是采取股份公司制的组织形式,因此,在组织机构上与一般公司相同。按"三权分立"的原则在内部设置了决策机构、执行机构和监督机构,即股东大会、董事会、监事会等机构。由于各国国情的差别,三机构(三权)之间的地位及关系不尽相

同。以下是美、日、德三个主要国家股份制商业银行基本权
力机构示意图(图3-1)。

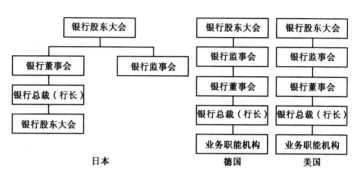

图3-1 美、日、德三个主要国家股份制商业银行基本权力机构示意图

其中,监督机构即监事会的职能各国基本一致,即行使
对董事会及其成员与高级经理人员的监督职能。这种企业
制度的设计是股份制商业银行正常管理与控制的基础组织
保证。

在日本,股份制商业银行的监察董事(即监事)是总行
的领导成员,向股东大会负责,对总行总裁(行长)及各部部
门负责人、分行行长实施内部监察。具体执行会计监察和
除会计以外的业务监察。监察董事的职权是强有力的。主
要包括:董事会出席与意见陈述权,董事会召集权;营业报
告要求权,总行及子公司业务财产调查权;禁止董事会及董
事违法行为要求权,发生银行与董事诉讼时的银行代表权;

会计监察人报告的要求权及会计监察人任免权等权力。监察董事在每次决算时，必须作出"监察报告书"，在股东大会上报告。

　　一些国家的股份制商业银行，为强化银行内部监督控制，在企业组织结构设计中还专门设立了独立于其他部门、只对银行最高权机构负责的行内审计机构。在美国花旗银行的企业组织结构中，银行董事会为实际上的最高权力机构，董事会领导下的行政总裁（行长）负责全行业务管理，而其业务审计部及内部审计部则直接向董事会负责，且在全球范围内设立若干业务审计及内部审计中心，负责本行全球业务的审计及内部管理状况审计，这种组织机构设置，使银行内部监督控制机构具有较大的独立性和权威性[31][32]。近来，日本的三和银行也在把世界各地分行的内部稽核部门独立出来，不再受各地分行管辖，而直接由总行稽核部门领导，此举的目的也在于加强银行内部监控机构的独立性与权威性。

二、国外股份制商业银行的业务机构——职能与关系

　1. 花旗银行

美国花旗银行中国部的业务职能部门设置主要有市场部、业务部、信贷部、财务监控部、质检部等，各部门相互独立又相互制约。①市场部对申请贷款的客户进行资信评估;信贷委员会(至少有三个委员)核定客户授信额度;转移至业务部开户并将客户资料留存行内电子信贷管理系统。②信贷部负责具体办理贷款业务。当信贷部获得客户授信额度信息后,首先要进入电子信贷管理系统,审查客户实际贷款余额是否在贷款限额之内,贷款质量如何,最后决定是否向客户发放贷款。③财务监控部负责银行资金头寸及相关财务指标监控,同时对本部及纽约总部负责。④质检部负责银行日常审计,审查银行每日每笔交易记录,确保及时发现问题并尽快予以纠正。这种职能部门明确的职责分工及关系模式,对银行资金管理的安全和效率无疑是一种保障。

花旗银行在职能机构设置及其关系的确定上,体现了股份制商业银行风险经营的特殊要求,各业务部门的相互独立与制约关系,有利于实现风险管理中交叉监督、双重控制的效果。

2. 住友银行

日本住友银行内部风险管理与控制制度,按风险类别分别由各个主管部门负责,并由该部门牵头,定期召开由有关职能部门参加的关联会议,进行风险分析与风险控制的讨论。例如信用风险控制明确由主管部门融资企划部及国际审查部负责,定期召开由融资企划部、融资部、内外审查各部、业务统括部、法人业务部、个人业务部、国际总括部、事业调查部等部门参加的融资委员会会议、国家风险评估委员会会议、信贷研究会会议、资产负债综合管理会议等关联会议;市场风险控制明确由主管部门市场管理部负责,定期主持召开由市场营业各部、企划部、经济调查部、证券企划部参加的资产负债综合管理(ALM)会议;流动性风险控制明确由市场管理部负责;事务处理风险控制明确由主管部门事务企划部与事务指导部负责。

三、国外股份制商业银行的授权与审批制度

股份制商业银行业务的授权与审批制度,是确保银行稳健运营、阻塞风险发生与扩大的重要制度。国外银行通常对银行资产管理,尤其是对其主营业务——信贷资产的风险管理与控制中的授权和审批制度及程序进行科学、严密、谨慎的规定,下面以美国花旗银行和日本住友银行为例说明。

美国花旗银行对信贷风险管理中授权审批控制制度是西方股份制商业银行中典型、有效的模式。它包括四个方面的内容,即:审、贷分离;企业授信额度管理;信贷授权审批控制;三人信贷委员会批准制度。核心内容是信贷授权审批控制。该模式下,总行设立信贷政策委员会,负责审查决定信贷委员会成员的资格及人选,授权给每个委员一定规模的贷款审批额度,并且规定,客户企业授信额度必须由信贷委员会中至少三个委员批准签字(美国花旗银行中国部只有 5 人为具有贷款签字权的信贷委员会委员)。

日本住友银行信贷风险管理中的授权审批制度可概括为逐级授权审批制度。300 亿日元以下贷款项目,由总行审查部直接决定;300 亿～500 亿日元贷款项目报分管董事批准;500 亿日元以上贷款项目需提交董事会,由董事共同议定,数额特别大的贷款项目需通过总行经营会议决定。在全部授信额度中,总行几乎占了 80%～90%。分行行长只能根据其业务规模大小在 15 亿～20 亿日元之间审批小额贷款。

四、国外股份制商业银行的内部检查与稽核

通过股份制商业银行严格的内部检查,可以及时发现问题和隐患,以便有效地预防、对抗风险,避免或减少损失。因此,内部检查制度成为股份制商业银行安全运营的一道"防护网"。各国股份制商业银行内部检查制度一般包括三个方面:①总行业务部门对其下属分支机构业务部门的对口检查。检查形式主要有:要求报送并审查有关业务资料、财务报表、专门问题报告,召集分支机构行长或业务部门经理座谈会听取报告、了解情况等。②总行审计部门对其下属机构进行定期全面检查与不定期抽查或专项检查。③银行内部日常自查及外聘审计、会计师进行检查[33][34]。

日本三和银行每年至少对其分行进行两次检查,一次由总行国际审计部进行,主要检查贷款质量问题;另一次由总行稽核部负责,对其分支机构进行全面的内部业务与管理检查。分支机构内部同样设有专门的稽核部门,负责检查每月发生的各项业务单据,检查情况直接向主管领导汇报,行长须优先考虑解决稽核部门发现的问题。法国兴业银行每年要对其分行进行多次检查,每 3 至 5 年要对分行进行一次全面检查,检查时间持续约 1 个月左右。

除上述诸方面外,外国股份制商业银行内部控制制度中还有下述两项重要内容。一是会计控制制度。尤其是市场经济发达国家的股份制商业银行通常都赋予会计主管(总会计)或财务总监以相对独立的权力和地位,以加强银行内部管理控制的第一闸门。会计主管直接向行长负责,对违规、违法及有风险隐患的各种报表文件,有权拒绝签字,有权督促有关部门及人员改正或改善违规及不科学的业务操作,有权直接向行长反映问题及提出建议。二是银行员工管理制度。通常有指导员工工作行为的"员工手册"

制度;休整员工身心以及避免员工长居一职而可能产生作弊行为的"员工休假、调换"制度;增加业务处理透明度的"开门办公"制度以及有利于员工间、员工与管理者间沟通信息、增进共识的"信息交流"制度等。

五、国外股份制商业银行的电子化风险控制

世界上金融(银行)危机案例表明,"道德风险"(Moral Hazard)的存在,即使最严密的管理控制制度,往往也会失去应有的效力。而要消除道德风险,实施电子化控制虽然不能说是当今惟一的选择,也应当承认是极为有效的措施。有鉴于此,随着科技进步创造的物质基础的改善,各国政府及股份制商业银行不惜投入巨资进行电子化风险管理与控制系统的建设。

以稳健经营著称的德意志银行,为有效控制信贷管理中的失误尤其是人为因素造成的失误,将电子化控制作为银行信贷风险管理制度的有机组成部分。形成了从风险识别、风险控制到风险审计监督、风险挽救的事先、事中、事后全方位多层面电子化控制系统[35][36]。

在风险识别系统,通过电脑程序对信贷业务进行初审与评估。只要操作人员输入客户有关业务资料,计算机便会依据预先设计的风险识别程序作出该项贷款风险程度及

可否放贷的提示。在风险控制系统,通过电脑程序控制授信额度、分级授权及"四只眼睛"。在授信额度控制中,所有信贷相关人员,如客户经理、风险管理员、部门经理、机构负责人等,根据其工作权限和业务分工不同分别确定授信额度,并进入计算机系统,一旦超过规定授权额度,系统就会报警或"死机",防止信贷管理中越权、超规模滥贷及投机舞弊行为发生。所谓控制"四只眼睛",是指由计算机系统牵制客户经理和风险管理员两人之行为。如果只有客户经理或风险管理员任何一方的贷款发放决定,计算机系统就会"拒绝"工作。在风险审计监督系统,通过电脑程序对信贷业务定期或不定期审计,重点检查客户经理的业务报告、风险管理员的各种财务报告的真实情况以及授信额度的执行情况。

美国花旗银行也投入巨资建立健全银行风险电子管理系统,将本行经营方针、政策、业务操作规程及银行经营活动,尤其是信贷管理、国际结算及衍生交易风险的识别、防范控制与化解制度措施纳入系统管理。为保证既定系统运行安全,尽量排除人为因素干扰,该行还严格实行了电子管理系统设计人员、操作人员及相关管理人员分离的制度。德意志银行与美国花旗银行这种全程电子计算机风险管理与控制制度,不仅仅提高了银行业务管理效率,特别重要的意义在于有效地控制了由于银行管理与具体业务人员业务管理素质与道德因素形成的不合规、不合法行为,进而控制了最难以控制的"人为"的风险。从这种意义上说,电子化技术进入银行风险管理与控制制度,的确是股份制商业银行内部管理控制制度的一场革命。

上述美、日、德等国外股份制商业银行风险管理内部控制制度的主要实践及其经验,可简括为:科学的现代企业组织制度,独立与权威的内部监察监督制度,明确的业务部门风险控制分工及相互制约的关系,谨慎的授信(权)审批制度,有效的内部检查与稽核制度,以及严格的会计控制与合情合理的员工管理制度等方面。重要的是以现代电子技术为依托,通过电子化风险控制系统,将银行内部控制制度引入规范、超然的轨道,这些应为我国股份制商业银行所借鉴。

第二节 发达国家股份制商业银行内部控制管理的特点

上述发达国家的股份制商业银行,无论是在内部控制管理理念,还是在方法制度建设上,都代表了现阶段国际银行业最先进的水平和发展方向。总的来说,这些国家股份制商业银行的内部控制管理具有以下几个突出的特点：

一、严密的组织体系与科学的方法体系相得益彰

以花旗银行为例，花旗的信贷政策是围绕着信贷程序和信贷交易这两个基本方面制定的。信贷程序针对的是消费贷款，其决策重心在于区别借款人的群体特征和产品需求。信贷程序着重要解决消费贷款的预期敞口总水平、风险承受能力、业务运行体系以及报告机制。这种程序化的管理制度适合于处理小额、大量的信贷业务。信贷交易则针对单一客户，它从定义目标市场和风险承受能力开始，要对客户进行详细的分析，相关的每一个决策都要在信贷交易量大小、客户经营状况、信用等级以及所需银行服务等基础上做出。信贷程序和信贷交易都要由三名信贷人员审批，其中的一名要负责全面协调并将决策贯彻于信贷程序的各个环节。如果信贷交易额度超过了一般信贷人员的审批额度，那么，这个三人小组中至少就要有一名拥有相应额度审批权的高级信贷管理人员参加[37][38]。

二、不断创新内部控制的管理方法和制度

上述银行在风险管理上所采用的方法体系，代表着目前国际上最先进的管理水平。他们所首创的一些管理模

式,有不少受到了巴塞尔委员会的认可,成为银行风险管理发展的导向标;另一方面,也体现了这些银行善于理论升华的水平及高度的创新能力。

近年来,大通、花旗等银行在信贷风险防范上已经率先做出了一些基础制度方面的改善,进一步强化了其防范信贷风险的能力。这项改革的主要内容就是经济资本制度的建立。其核心内容是,在以传统的贷款损失准备金防范预期贷款损失之外,还要做出一种称之为"经济资本配置"(Economic Capital Allocation)的制度安排,藉此防范非预期贷款损失。经济资本的配置额大小由银行预期贷款损失率和"目标破产率"二者共同决定。这一方法,已得到了巴塞尔委员会的认可。目前,"经济资本制度"和传统的准备金制度,共同构成了上述银行防范信贷风险的底牌。

第三节 国外股份制商业银行内部控制的启示

国外发达、比较发达国家的股份制商业银行内部控制经历几十年市场经济的洗礼,在股份制商业银行内部控制发展方面积累了丰富的经验。因此,我们必须借鉴发达国家的股份制商业银行内部控制发展的经验,吸取其教训,在股份制商业银行系统内逐步建立一套以风险控制为特征的规章健全、责权分明、运作有序、自我约束、灵活高效的内部控制机制。

一、信贷风险内部控制管理要以事前为主

上述银行都为信贷管理制定了详尽的操作规程,各级信贷人员和客户经理在办理贷款业务时必须严格遵循这些操作规程。这样,就把因为业务人员的个人原因而有可能导致的风险控制在最低限度,也使得高层管理机构敢于把更多的职责授予不同级别的业务人员。这些操作规程都是银行在相关业务上所具有的长期经验的积累,并且还要根据实际情况随时更新。业务人员只要严格按照操作规程办事,就可以有效地防范信贷风险。建立起这样的内部控制制度之后,其风险管理也就实现了稳定性和连续性;而这种稳定性和连续性,则是其内部管理低风险的一个基本标志。

从宏观管理的角度来说,这些银行也十分注重地区、行业等因素对其信贷风险的影响。例如,花旗银行对其重点开发的 13 个行业,要定期(一般为 1 年 1 次)对每个行业进行分析,再根据每个行业的风险状况定下其最高信贷额度,从而找到信贷行业组合的最佳平衡点。花旗银行还为其高风险行业聘请了行业专家,所有涉及该行业的信贷决策都要得到该行业专家的确认才能实施。在确定了信贷组合之

后,还要对其进行压力测试,即假设某些事件发生后,要测算出这个事件对信贷组合的影响,进而修改信贷政策。当然,这些预测结果并不见得完全符合未来的现实情况,其方法本身也不尽完善,但类似方法代表了风险事前管理的科学化发展方向,因此有愈来愈多的银行在尝试引进这些方法[39][40][41]。

我国股份制商业银行虽然也有类似的做法,但总的来说还存在一些明显的不足。例如,信贷内部操作规程及内部控制制度还不完善、不具体,没有成型的手册,也缺乏成熟稳健的高级信贷人员的经验指导。据了解,汇丰银行的信贷手册就是一位高级信贷人员总结了几十年经验之后编写而成的。如果因为现实情况发生了变化需要修改手册,则必须通过该经理,并由他来完成具体的修改工作,以保证手册的权威性、可行性和安全性。另外,我国股份制商业银行的信贷人员遵守有关操作规程的意识和自觉性还不够,对行业、地区的宏观分析做得比较肤浅、粗糙,受重视程度也显得很不够。虽然我们也有客户信用评级制度,但实际评级工作做得还不够规范,致使评级结果不能准确地反映客户的真实信用状况。又如,我们在审批贷款时,由于缺乏准确、可信的信用等级,也没能以此作为是否批准其贷款申请的重要依据。类似的问题,使贷款产生了较多的事前风险。另外,虽然我国股份制商业银行也开展对部分行业的信贷政策研究和风险分析工作,但分析力量较为分散,研究结果对制定信贷政策的影响力和对信贷投向的指导作用发挥得也不够,"两张皮"的现象还比较突出。因此,我们在建立和完善客户经理制等基础设施的同时,也要尽快地把各项信贷业务的操作规程完善起来,使风险管理真正做到防范在先,对风险有所承受不使之蔓延扩大,而不是仅仅停留在"亡羊补牢"式的事后控制和具体化解上。

二、股份制商业银行内部控制要重视方法制度的创新

如何借鉴和吸收国际银行业内部控制管理的先进方法和制度,是摆在我们面前的一个重要课题。如果我们不能解决这类问题,那么所谓"与国际惯例接轨,建设现代化、国际化股份制商业银行"的目标,将会缺少一部分非常重要的实质性内容。这个课题的现实意义并不仅仅在于它能够为我们提供更加精确的决策依据,更重要的是,采取这些方法将会使我们学会并使用国际通用的风险管理语言和符号体系,从而能使我国股份制商业银行得到更加积极的国际评价和前景预期。

我国的股份制商业银行在思维方式方面需要进一步改变和调整,凭借经验感觉进行管理的习惯需要逐渐改变。

相比之下，国外的股份制商业银行更加注重利用一些数理分析模型来总结和抽象自己的长期经验，这不仅使他们在管理方式的创新上始终处于领先地位，而且也为长期业务经验的传承创造了合适的载体。

风险来源纷繁复杂，仅用有限的几个指标来衡量是不可靠的。针对这种情况，花旗银行以4个"W"为主线来决定是否批准贷款申请。这4个"W"分别是：Who（借款人是谁）、Why（为什么要给他贷款）、What（借款做什么）和How（怎样还款）。围绕着这4条主线，信贷审批人员就可以把各个环节上可能存在的风险串联在一起，将审批决策建立在一个点面俱到、巨细并存的信息基础之上。

应当说，缺乏这种深度数理分析是我国股份制商业银行信贷业务管理中的一个重大不足之处。以信贷业务为例，随着个人消费信贷业务的扩大，在统计学基础上对各项业务指标进行控制已变得非常急迫，但目前业务管理模式的创新已经落后于业务本身的发展。在风险管理上，也面临着经验升华不够的问题。这与长期以来所形成的体制运转惯性有很大关系。这种科学抽象程度较高的非常规事务性工作往往被视为一种没有多少实际意义的事情，因此，管理人员几乎全部要集中在事务性工作的第一线，管理队伍的阵形压得很扁，后方相对就变得空虚。而开发新的管理模式,恰恰是要由后方的决策支持性组织来完成的。所以,应当适当地拉长业务部门的管理阵形,将日常管理事务和管理模式创新工作从机制和机构上分开,选择合适的人员,建立各级业务主管人员的参谋支持机构。其职责之一,就是要对国际先进管理方法和经验进行系统的搜集、研究、消化和借鉴,并要结合国情,制定出实施规划,以便切实有效地推动我国股份制商业银行管理水平的提高。

三、严密的组织体系是股份制商业银行内部控制管理的保证

一个严密的组织体系是保证内部控制管理有效性的基础之一。上述银行,均由董事会对风险管理进行最高决策。一般来说,董事会至少会安排 1 名成员(通常是副主席)直接负责风险管理的行政工作,并由行政委员会或执行委员会制定具体的管理策略。行政委员会通常会根据工作需要设立一些专门的技术支持组织,如风险评级小组等,直接对行政委员会负责。在各个经营层次,从高级信贷主管到客户经理也要根据各自的授权权限逐级对上负责,按照操作规程的规定,各司其职。

相比之下,我国在内部控制管理的组织机构和职责上还存在着一些不尽协调之处,各种内部控制管理政策的整

合程度还不够高,整体的风险管理战略还有待确立[42][43]。现阶段,我国股份制商业银行正处于改革发展时期,其组织结构具有较大的不稳定性,应学习借鉴国际银行业成熟的管理经验,按照精简、效率、相互制约的原则调整组织机构,设置部门岗位,并明确部门岗位职责,从组织机构上加强和保证内部控制的有效运作,以使自身的内部控制管理组织体制和方法体系尽快走向成熟有效。

四、股份制商业银行内部控制管理离不开强大的信息系统支持

花旗、大通、美洲、汇丰等银行都拥有各自的全球信息系统,其数据均能做到每日更新,实时处理数据的能力很强,而且具有很强的统计及查询功能,能为行业、区域、产品、信贷组合等日常检查、风险评级以及内部控制工作提供全面支持,成为保证其内部控制管理高水平的一个有力技术保证。

相比之下,我国股份制商业银行目前的管理信息系统在数据基础的准确性、全面性、查询功能的方便性以及多功能开发(如统计分析)上尚有诸多缺陷,因此,迫切需要进一步提高和完善。

第四节　我国转型时期股份制商业银行内部控制框架

一、我国监管当局推进股份制商业银行内部控制建设的进程

1. 股份制商业银行内部控制建设的发展

在我国金融业实行分业经营、分业监管之前,中国人民银行就积极致力于推进股份制商业银行内部控制建设的工作。20 世纪 90 年代后期,中国人民银行加强了与巴塞尔委员会、世界银行等国际组织的磋商和联系,开展了一些旨在改善中国银行业内部管理和监管水平的合作项目。1995～1996 年中国人民银行在世界银行的援助下,与国际知名的普华永道会计师事务所联合对国内股份制商业银行的内部控制状况进行了比较深入的抽样调查,根据调查的结论并参照国际通用做法,设计了一套内容详细的对股份制商业银行内部控制状况进行审计评价的方案。中国人民银行正式公布这套方案后,组织股份制商业银行的有关人员进行了操作培训。

中国人民银行把加强和完善股份制商业银行内部控制

作为防范金融风险,消除金融危机隐患的一个关键,利用文件、会议、规章制度和实施监管等各种机会和渠道推行内部控制制度,在股份制商业银行内部控制建设工作中发挥了强有力的先导和督促作用。中国人民银行在 1997 年 5 月 16 日发布了《加强金融机构内部控制的指导原则》(以下简称《指导原则》),紧接着在 1997 年 12 月 30 日发布了《中国人民银行关于进一步完善和加强金融机构内部控制建设的若干意见》(以下简称《若干意见》)。《指导原则》首次明确提出了我国金融机构内部控制制度的指导思想、建设目标、遵循原则、制度框架、主要内容、控制重点和基本要求,《若干意见》还提出了金融机构内部控制建设的近期目标,对《指导原则》的部分内容和要求作了进一步的阐述和细化。这两个文件对我国股份制商业银行内部控制建设工作产生了重要的影响。为进一步促进股份制商业银行建立和健全内部控制体系,防范金融风险,保障银行体系安全稳健运行,2002 年 9 月中国人民银行制定并发布了《股份制商业银行内部控制指引》(以下简称《指引》)。《指引》强调内部控制是股份制商业银行为实现经营目标,通过制定和实施一系列制度、程序和方法,对风险进行事前防范、事中控制、事后监督和纠正的动态过程和机制。股份制商业银行内部控制应当贯彻全面、审慎、有效、独立的原则。2004 年 12

月,中国银行业监督管理委员会制定并发布了《商业银行内部控制评价试行办法》,它是当前最为系统、全面地对我国商业银行进行内部控制评价的政策法规。

2.《指导原则》的主要内容

《指导原则》共分 6 章:总则,内部控制的目标、原则,内部控制的要素及内容,对建立内部控制的基本要求,内部控制制度的管理与监督,附则。

《指导原则》确认的金融机构内部控制定义为:金融机构为完成既定的工作目标和防范风险,对内部各职能部门及其工作人员从事的业务活动进行风险控制、制度管理和相互制约的方法、措施和程序的总称。《指导原则》在第一章强调,建立有效的内部控制运行机制是管理层的基本职责。

《指导原则》确定了金融机构内部控制目标:①确保国家法律法规和中央银行监管规章的贯彻执行;②确保各种风险控制在规定的范围之内;③确保自身发展战略和经营目标的实施;④查错防弊,堵塞漏洞,消除隐患,保证业务稳健运行。《指导原则》认为,金融机构内部控制要遵循有效性原则、审慎性原则、全面性原则、及时性原则和独立性原则。

《指导原则》第三章表述的内部控制的要素和内容,包括内部控制的重点对象、关键部位、设计原则和必备程序等多个层次。《指导原则》认为银行内部控制包括:内部组织结构控制、资金交易风险控制、衍生工具交易控制、信贷风险控制、会计系统控制、授权授信控制、计算机业务系统控制等。

《指导原则》第四、第五章主要阐述了对内部控制运作机制的要求,提出要设立循序递进的三道监控防线:一线岗位双人、双职、双责,相关部门、相关岗位相互监督制约,内部监督部门对各岗位、各部门、各项业务的全面监督。根据权力制衡的原理,《指导原则》提出要实行恰当的责任分离制度。

3.《若干意见》的主要内容

《若干意见》再次强调了加强金融机构内部控制的重要性,对《指导原则》的部分内容进行了补充和细化,提出了近期金融机构内部控制建设的重点和工作目标。《若干意见》提出:各金融机构要切实提高对内部控制必要性和重要性的认识,在全面清理现行管理制度和业务规章的基础上,结合自身实际,借鉴国际经验,按照《加强金融机构内部控制的指导原则》的要求,抓紧整章建制,用 1~2 年的时间,形成一套责权分明、平衡制约、规章健全、运作有序的内部控制机制,把经营风险降到最低限度,使违规经营和大案要案有明显下降。争取在 21 世纪初,建立起与我国社会主义市场经济相适应的现代金融企业制度,使我国金融机构在经营管理和内部控制方面基本与国际接轨。

4.《指引》的主要内容及其与"巴塞尔体系"的关系

为进一步促进股份制商业银行建立和健全内部控制体系,防范金融风险,保障银行体系安全稳健运行,2002 年 9 月中国人民银行制定并发布了《股份制商业银行内部控制指引》。《指引》强调内部控制是股份制商业银行为实现经营目标,通过制定和实施一系列制度、程序和方法,对风险进行事前防范、事中控制、事后监督和纠正的动态过程和机制。股份制商业银行内部控制应当贯彻全面、审慎、有效、独立的原则。《指引》适用于在中国境内依法设立的中资、外资股份制商业银行、政策性银行、金融资产管理公司、邮政储蓄机构、城乡信用社、信托投资公司、企业集团财务公司、金融租赁公司等其他金融机构参照执行。《指引》分 10 章,共 141 条。分别对内部控制的基本要求、授信的内部控制、资金业务的内部控制、存款及柜台业务的内部控制、中间业务的内部控制、会计的内部控制、计算机信息系统的内部控制、内部控制的监督与纠正进行了说明。

《指引》是根据《巴塞尔协议》的风险管理原则制定的,体现了《巴塞尔协议》的核心思想。其具体体现在以下三个方面：

(1)拓展银行经营风险范畴。在当前的金融格局下，尽管信用风险仍然是银行经营中面临的主要风险，但市场风险和操作风险的影响及其产生的破坏力却在进一步加大。因此，《指引》综合考虑了各种存在的风险，分别对授信的内部控制、资金业务的内部控制、存款及柜台业务的内部控制、中间业务的内部控制、会计的内部控制、计算机信息系统的内部控制、内部控制的监督与纠正进行了说明。

(2)改进风险计量方法。根据银行业务风险错综复杂的现状，《指引》改造了一些计量风险的方法。这些方法的推出在很大程度上解决了旧制度相关内容过于僵化、有失公允的遗留问题，而且使新制度更具指导意义和可操作性。《指引》要求各大股份制商业银行提升自己的风险评估水平，打造更精细的风险评估体系，采用基于内部信用评级的资本金计算方法，以此为基础建立内部控制体系。

(3)强调监管部门的监督检查。《指引》强化了各股份制商业银行监管部门的职责，提出了较为详尽的配套措施，并建立监督制衡的内部控制责任制度、内部稽核审计制度与预警制度。

二、《指引》制订的原则

《指引》认为，一个适宜的、有效的内部控制系统必须针对经营目标、计划要求、组织结构、关键环节和下级主管人员的特点来设计。因此，要使控制工作发挥有效的作用，在建立股份制商业银行内部控制系统时必须遵循一些基本的原则。

1. 内部控制是实现计划的保证

内部控制的目的是为了实现经营目标和经营计划。因此，经营目标越是明确，经营计划越是全面、完整，所设计的控制系统越是能反映这样的计划和目标，则控制工作也就越有效。每一项计划和每一种工作都各有其特点。所以，为实现每一项计划和实现每一种工作所设计的控制系统和所进行的控制工作，尽管基本过程是一样的，但在确定什么标准、控制哪些关键点和重要参数，收集什么信息，如何收集信息，采用何种方法评定成效，以及由谁来控制和采取纠正措施等方面，都必须按不同计划的特殊要求和具体情况来设计。例如，质量控制系统和成本控制系统尽管都在同一个经营系统中，但二者之间的设计要求是完全不同的。

2. 内部控制要与组织结构相适应

内部控制必须反映组织结构的类型。组织结构既然是

83

对组织内各个成员担任什么职务的一种规定,因而,它也就明确了执行计划和纠正偏差的依据。一个组织结构的设计越是明确、完整和完善,所设计的控制系统越是符合组织机构中的职责和职务的要求,就越有助于纠正偏离计划的偏差。

内部控制要与组织结构相适应的另一层含义是,控制系统必须切合每个主管人员的特点。也就是说,在设计控制系统时,不仅要考虑具体的职务要求,还应考虑到担当该项职务的主观人员的知识、经验、专业技能和个性特点。在设计控制信息的格式时,这一点特别重要。传递给每位主管人员的信息所采用的形式,必须分别设计。例如,送给上层主管人员的信息要经过筛选,要特别表示出与计划的偏离、与去年同期相比的结果以及重要的例外情况。对不同管理层次的管理人员,提供信息的频率、信息的汇总情况和详尽程度也不同。

3. 内部控制必须要控制好关键点

为了进行有效的控制,需要特别注意在根据各种计划来衡量工作成效时有关键意义的那些因素。对一个主管人员来说,随时注意计划执行情况的每一个细节,通常要浪费大量的时间和精力。他们应当也只能够将注意力集中于计划执行中的一些主要影响因素上。事实上,控制住了关键点,也就控制了全局。

控制工作效率的要求,则从另一方面强调了控制关键点的要求。所谓控制工作效率是指,控制方法如果能够以最低的费用或其他代价来探查和阐明实际偏离或可能偏离计划的偏差及其原因,那么它就是有效的。对控制效率的要求既然是控制系统的一个限定因素,自然就在很大程度上决定了主管人员只能在他们认为是重要的问题上选择一些关键因素来进行控制。

选择关键控制点的能力是管理工作的一种艺术,有效的控制在很大程度上取决于这种能力。迄今为止,已经开发出了一些有效的方法,帮助主管人员在某些控制工作中选择关键点。例如,计划评审技术就是一种在有着多种平行作业的复杂的管理活动网络中,寻找关键活动和关键线路的方法。

4. 内部控制必须要明确责任划分

银行高级管理层应确保责任划分明确,避免让同一工作人员承担相互冲突的职责。总结因内部控制失灵而使银行遭受重大损失的教训,一个很重要的原因是缺乏应有的责任划分。让一个人承担相互冲突的责任(比如,一个人同时负责交易的执行与管理),为其接触有价值的资产并操纵财务数据以牟取私利或隐瞒损失创造了机会。因此,银行的某些责任应分别由不同人员承担。比如,重要空白凭证、印鉴的使用与保管,贷款的审查和发放,业务活动的授权与经办,业务的前台交易与后台结算,损失的确认与核销等重要职责和岗位,都应该严格按照责任分离的原则做出明确规定并严格执行。

5. 内部控制要善于把握变化趋势

对控制全局的高层管理人员来说,重要的是要把握现状所预示的趋势,而不仅是现状本身。控制变化的趋势比仅仅改善现状重要得多,也困难得多。一般来说,趋势是多种复杂因素综合作用的结果,是在一段较长的时间内逐渐形成的,并对管理工作成效起着长期的制约作用。趋势往往容易被现象所掩盖,它不易觉察,也不易控制和扭转。通常,当趋势可以明显地描绘成一条曲线,或是可以描述为某种数学模型时,再进行控制就为时已晚了。控制趋势的关键在于从现状中揭示倾向,特别是在趋势刚显苗头时就敏锐地觉察到。

6. 内部控制要特别注意例外情况

高级管理人员越是注意一些重要的例外异常情况,也就是说,越把控制的主要注意力集中在那些超出一般情况的特别好或特别坏的情况,控制工作的效能和效率就越高。

银行高级管理层如果能及时发现经营过程中违反规律

性的异常状态,就有助于立即查明原因,采取措施使经营系统恢复正常。

三、《商业银行内部控制评价试行办法》的评价目标和原则

我国银行业实行分业经营、分业监管后,中国银行业监督管理委员会就十分重视我国股份制商业银行内部控制建设。根据《巴塞尔协议》的风险管理原则,结合我国商业银行发展阶段实际,既遵循国际惯例,又结合我国国情,在充分体现《巴塞尔协议》核心思想的前提下,于 2004 年 12 月 25 日制订并颁布了《商业银行内部控制评价试行办法》(以下简称《办法》)。该《办法》包括总则、评价目标和原则、评价内容、评价程序和方法、评分标准和评价等级、组织和实施、罚则和附则等共八章七十二条,自 2005 年 2 月 1 日起施行。它是我国目前最完整、最全面、最权威的对商业银行内部控制评价作出理论和实践要求的制度规范。

该《办法》明确指出,内部控制评价目的是为规范和加强对商业银行内部控制的评价,督促其进一步建立内部控制体系,健全内部控制机制,为全面风险管理体系的建立奠定基础,保证商业银行安全稳健运行。

该《办法》明确定义,商业银行内部控制评价是指对商业银行内部控制体系建设、实施和运行结果独立开展的调

查、测试、分析和评估等系统性的活动。内部控制评价包括过程评价和结果评价。过程评价是对内部控制环境、风险识别与评估、内部控制措施、监督评价与纠正、信息交流与反馈等体系要素的评价。结果评价是对内部控制主要目标实现程度的评价。

该《办法》明确指出,商业银行内部控制体系是商业银行为实现经营管理目标,通过制定并实施系统化的政策、程序和方案,对风险进行有效识别、评估、控制、监测和改进的动态过程和机制。商业银行应建立并保持系统、透明、文件化的内部控制体系,定期或当有关法律法规和其他经营环境发生重大变化时,对内部控制体系进行评审和改进。

该《办法》确定内部控制评价的五项目标:(1)促进商业银行严格遵守国家法律法规、银监会的监管要求和商业银行审慎经营原则。(2)促进商业银行提高风险管理水平,保证其发展战略和经营目标的实现。(3)促进商业银行增强业务、财务和管理信息的真实性、完整性和及时性。(4)促进商业银行各级管理者和员工强化内部控制意识,严格贯彻落实各项控制措施,确保内部控制体系得到有效运行。(5)促进商业银行在出现业务创新、机构重组及新设等重大变化时,及时有效地评估和控制可能出现的风险。

　　该《办法》明确了内部控制评价应遵循的六项原则：(1)全面性原则。评价范围应覆盖商业银行内部控制活动的全过程及所有的系统、部门和岗位。(2)统一性原则。评价的准则、范围、程序和方法等应保持一致，以确保评价过程的准确及评价结果的客观和可比。(3)独立性原则。评价应由银监会或受委托评价机构独立进行。(4)公正性原则。评价应以事实为基础，以法律法规、监管要求为准则，客观公正，实事求是。(5)重要性原则。评价应依据风险和控制的重要性确定重点，关注重点区域和重点业务。(6)及时性原则。评价应按照规定的时间间隔持续进行，当经营管理环境发生重大变化时，应及时重新评价。

　　该《办法》明确了内部控制评价内容包括：内部控制环境、风险识别与评估、内部控制措施、监督评价与纠正、信息交流与反馈。

　　该《办法》明确内部控制评价程序一般包括：评价准备、评价实施、评价报告形成和反馈等步骤。

　　该《办法》还明确了内部评价方法、评分标准和评价等级、评价的组织与实施的具体规定以及违规相应的处罚办法与处罚规定。

　　该《办法》是在我国银行业实行分业经营与分业监管后，中国银行业监督管理委员会对依法设立在我国境内的国有商业银行、股份制商业银行、外资商业银行、城市商业银行、农村商业银行、农村合作银行和邮政储蓄机构的统一评价制度。对政策性银行、城乡信用社和非银行金融机构的评价参照该《办法》执行。

第五节　中外股份制商业银行
内部控制环境差异分析

内部控制环境是指影响内部控制作用发挥的各种因素。这些因素既包括存在于股份制商业银行的内部因素，也包括存在于股份制商业银行以外的各种因素，如内外经济环境、国家的财政金融政策、中央银行的监管理念、社会信用环境等等。前者称为狭义的内部控制环境，后者称为广义的内部控制环境。

内部控制环境是其他内部控制要素的基础，是推动企业发展的动力。巴塞尔委员会在《内部控制系统评估框架》中将内部控制环境理解为管理层监察与控制文化，强调了董事会、高级管理层在确定银行接受的风险水平、监控内部控制系统的有效性、促进高尚道德与诚实标准的形成、建立向各级员工强调并显示内部控制重要性的控制文化中的作用。

有效的内部控制系统是以良好的控制环境为基础的，内部控制系统发挥的过程是内部控制系统与环境相互作用的过程。本节主要从产权制度、公司治理结构、组织结构、风险评估差距、人员素质等五个方面分析我国股份制商业银行与西方发达国家股份制商业银行在内部控制环境间的差距，分析我国股份制商业银行在内部控制环境方面存在的主要问题[44][45]。

一、产权制度差异

产权亦称财产所有权，是指存在于任何客体之中或之上的完全权利。它包括占有权、使用权、出借权、转让权、用尽权、消费权和其他与财产有关的权利。

西方股份制商业银行的发展经历了从早期自然人股份制商业银行向现代法人股份制商业银行的转变，从第二次世界大战后股份制商业银行的产生到20世纪80年代股份制商业银行的改革，股份制公司经过与其他企业产权制度的比较竞争以及自身的不断发展创新，逐步成为了现代股份制商业银行产权制度的最终发展模式，股份制商业银行成为西方发达国家股份制商业银行最主要的组织形式。目前，美国、英国、德国、日本、加拿大等主要发达国家的商业银行都是按照股份制形式设立的，国家投资在银行的国有资本采取股权管理的形式,国家与银行间的产权关系很清晰。

我国的股份制商业银行体系由国有独资股份制商业银行、股份制商业银行、城市股份制商业银行、城乡信用社和外资(中外合资)银行构成。虽然股份制银行的内部管理和经营机制有一定的进步,但离真正的现代股份制企业仍有一定距离。

从理论上讲,股份制商业银行现行的国有独资模式形式上是由国家代理和经营全民或社会公众的共有财产,然后由国家政府部门进一步通过转委托的形式将国有独资产权转委托给银行的管理层进行经营活动。这种形式存在一定的局限性。首先,产权所属关系从形式上看似乎是明晰的,但全民所有是一个抽象的概念,全民作为委托人在法律上也不具有操作性,从而导致事实上的产权归属缺位,使得所有权人的权能无法实现。产权缺位必将导致全民与政府的委托以及政府对银行管理层的转委托关系流于形式,形成银行经营管理活动听命于政府以及银行管理层"内部人"控制的局面。而政府直接参与银行的经营决策必将导致银行经营目标的多重化——政府目标和银行自身目标冲突问题、银行自身经营导向问题以及银行内部"官本位"文化风行等诸多问题。其次,国家既拥有国有银行的所有权,也拥有国有银行资本的使用权、收益权和处置权，国家承担了国有银行的无限责任（国家发行特种国债补充国有银行的资本金、成立资产管理公司剥离股份制商业银行的不良资产便是典型的例子），银行没有自己独立的经济利益，控制风险的动力不足。其三，国家对股份制商业银行的经营者缺乏资产保值与增值的制度约束与契约规定，经营者健全内部控制制度的主观意愿不强。其四，国家给予股份制商业银行经营者很大权力的同时往往忽略了给予相应的约束，一些经营者滥用权力，绕过或干预内部控制制度的现象时有发生。最后，由于股份制商业银行剩余索取权基本上由国家所有，股份制商业银行的盈利不是经营者的收入，经营者没有像私营企业业主那样为健全内部控制、追求利润最大化付出全部时间与精力的动力。再加上股份制商业银行产权的多层次代理进一步加剧了产权责任不明的状况和国家与经营者之间的信息不对称，使经营者更容易忽视或侵吞委托人的利益。如一些银行机构自办公司、违规经营，盈利了则用于发放奖金或用作福利；资金收不回来了，出了风险了，形成亏损则由银行承担。更有甚者，即使是亏损累累的一些银行分支机构，也想尽办法把一些盈利项目单列出来为小团体谋取利益，私设小金库，把坏账留给银行，最终是由国家买单。

93

二、公司治理结构差异

公司治理是协调公司内部不同要素所有者关系的一套制度安排,其核心是协调所有者(股东)与经营者之间的关系。股份制商业银行通过建立有明确分工的内部组织结构和责、权、利分配体系,协调所有者(股东)和管理层之间关系,实现预期的经营目标。公司治理结构对股份制商业银行内部控制系统有着重大影响,是构成内部控制环境的重要因素。国外现代股份制商业银行的公司治理结构是现代法人产权制度下的产物,其基本特征是:

1. 内部机构权责分明,相互制衡

银行内部组织结构由决策机构、监督机构和执行机构组成,按照"三权分立,相互制衡"的运行机制,分别行使银行的决策权、执行权和监督权。股份制商业银行的决策机构一般包括股东大会、董事会及其下设的各种委员会。执行机构包括股份制商业银行行长、副行长、各业务部门、各级分支机构及其职能部门,监督机构则由监事会和直接向董事会负责的内部审计部门组成。

2. 委托—代理,纵向授权

银行各层之间是通过一种委托—代理关系来维持的。股东大会作为委托人将其财产委托董事会代理,并委托监事会进行监督。作为代理人,董事会又将银行财产委托给经理层的行长代理,从总行到分支行再到基本操作层之间,还存在若干中间层次。这样由上至下以授权的分工在银行的各层次之间分配权力。

3. 激励与约束机制并存

国外股份制商业银行的委托人通过资金、股权和退休金等激励机制来促使代理人采取适当的行为,最大限度地实现委托人所预期达到的目标;同时,还通过资本市场、大股东监督和经理人员的聘任、解聘等约束机制对代理者的行为加以制约。

由于产权所有者"缺位",使得我国的股份制商业银行特别是国有独资股份制商业银行治理结构与国外股份制商业银行公司治理结构存在明显的区别。其具体表现在:

(1)由于政府和银行作为没有真实委托人委托的"代理人",其行为无法得到真正的委托—代理关系中委托人的监督与控制,形成实际上的股份制商业银行管理者"内部人"控制局面。

(2)在激励机制方面,主要实行的是官本位的激励机制,通过行政级别的升迁而不是经济利益来实现激励,高级管理层的任免受各级政府的影响。从而造成银行高级管理层注重短期业绩,而实际工作中短期行为明显。

（3）在监督机制方面，2000 年 3 月国务院颁布《国有重点金融机构监事会暂行条例》，组建国有金融机构监事会，监事会以财务监督为核心，根据国家有关法律、行政法规和财政部的有关规定，对国有金融机构的财务活动及董事、行长（经理）等主要负责人的经营管理行为进行监督。监事会的成立强化了对国有独资股份制商业银行经营者的监督，但却没有根本改变由于缺乏真正意义上的股东监督和资本市场的监督，导致银行内部资源配置扭曲，铺张浪费、国有资产流失等现象时有发生。

三、组织结构差异

在既定的产权制度和公司治理结构下，股份制商业银行的组织结构是否合理有效决定了总行对分支机构的控制是否有效，整个体系的运作是否高效、协调和有竞争力，成本和效益是否合理等等。股份制商业银行的组织结构一般分为内部组织结构和外部组织结构。内部组织结构主要指内部部门设置和经营管理机制；外部组织结构主要指上下级行及其之间的纵向组织结构和管理体制。

1. 现代西方股份制商业银行的组织结构

股份制商业银行内部机构的划分一般有三种形式：按业务种类划分；按产品划分；按客户划分。20 世纪 70 年代,世界各国大部分股份制商业银行的内部组织结构都是按业务种类或产品来划分的,总行一般都设立管理部、存款部、贷款部、国际业务部、会计部、资金证券部等。到了20世纪80年代,股份制商业银行的经营环境开始发生变化。一方面,资金市场已逐步从卖方市场演变为买方市场,银行需要推销自己的产品;另一方面客户的需求已不再是单一的产品或服务,客户需要的往往是一揽子的金融服务。这时候银行组织结构方面的缺陷日益突出,银行所面临的问题是如何满足一个客户的多种金融服务需要。为了争取客户,开发市场,银行不得不按客户导向型的原则改变其内部结构,将机构按业务种类或产品分类转向按客户和产品分类。

97

　　股份制商业银行的外部组织结构主要有单一银行制、总分行制、集团银行制、混合银行制等几种形式。而最近几年,一种"以客户为中心、以市场为导向"的组织结构被股份制商业银行广泛应用。这种组织结构重视内部的相互制约,一个业务员同时受行政领导和业务领导双重管理,有些人称之为"矩阵式组织结构"。特别是一些跨国银行,在全球各主要中心城市设立全球分支网络的基础上,分别按自身客户所分布的主要经济行业,从总行到分行自上而下设立各个具体业务发展部门;同时,也按银行经营的业务种类,在各个业务区域设立各种产品服务中心,为客户提供各类银行服务。这就自然形成了关系、产品、区域三轮联动的运作架构,相互之间既有分工又有合作。

2. 我国股份制商业银行的组织机构

我国股份制商业银行内部组织机构基本上按业务种类和产品来划分,除此之外,其内部组织机构设置还带有鲜明的行政色彩,而且无论是国有独资股份制商业银行,还是股份制商业银行、城市股份制商业银行,内部组织结构和经营管理机制几乎相仿。一是按贷款种类或产品设置部门,划分业务领域。这表现在:按照贷款的用途分为流动资金贷款、固定资产贷款、技术改造贷款和房地产开发贷款等大类;按照贷款企业的性质将贷款分为工业企业贷款、商业企业贷款或其他企业贷款等;按照贷款的币种分为本币贷款和外币贷款。通过对这三种分类方法的排列组合,成立工商信贷部、技术改造或项目信贷部、房地产信贷部、国际业务部。这种内部机构设置方法,与股份制商业银行信贷资金经营的内在规律相违背,是内部各业务部门互相扯皮的根源,既不利于加强信贷管理,也不能适应客户的金融服务需求。二是内部组织机构设置行政化倾向明显。主要表现为部门臃肿重叠,不计成本,行员实行官本位管理,机构中非经营性部门和人员(例如,劳动工资、组织、宣传、党委、团委、纪检、教育、行政、后勤、离退休干部管理等部门)占比很高。三是内部职能部门之间分工不明确,职责相互交叉,管理的交叉重叠与"盲点"同时存在。

四、我国股份制商业银行风险评估与西方股份制商业银行的差距

COSO 报告指出,每一个组织都要面对来自于组织内外部的各种风险,这些风险需要评估。风险评估的前提条件是目标(包含各个层次的目标)的确立。风险评估是识别和分析影响目标实现的相关风险,是风险管理的基础。由于经济、行业管制和经营条件总是在不断的变化,识别和评估风险的方法需要不断地调整。

股份制商业银行风险评估包括风险识别和风险计量两个部分。风险识别是指银行管理者对股份制商业银行面临的各种风险进行系统地、连续地识别和归类,并分析产生风险事故的原因。风险计量是在收集、整理过去损失资料的基础上,运用概率和数量统计的方法对风险发生的概率和后果进行计量和预测。风险识别和计量系统是股份制商业银行内部控制系统的重要组成部分,是进行有效控制活动的基础。股份制商业银行必须进行持续性风险识别和计量,才能有针对性地开展内部控制活动。

我国的股份制商业银行与国外的股份制商业银行相比,由于实行严格的分业管理、分业监管,股份制商业银行涉足资本市场的业务有限,因此市场风险中来自资本市场的风险对银行的直接影响不大,而汇率风险与利率风险由于缺少避险工具,股份制商业银行在很多时候不得不被动承受。同时我国股份制商业银行的主要经营活动在国内,面对国家风险的机会不多。而在我国政府实际上承担了股份制商业银行无限责任,政府可以动用财政资金、央行再贷款保证银行支付,股份制商业银行对流动性风险和声誉风险并不敏感。其余如操作风险与法律风险基本上属于静态风险,可以通过规范的操作程序予以避免。我国银行贷款业务占到资产业务的70%以上,利息收入则占到总收入的80%～90%左右。贷款是风险最集中的银行资产。可以说,贷款质量的优劣,对银行的经营成果乃至生存发展,有着至关重要甚至是决定性的影响。

20世纪90年代后期,随着我国经济实力的发展壮大和金融体制的改革开放,信贷买方市场逐步形成,股份制商业银行面临着激烈的外部竞争。同时,在股份制商业银行内部,不良资产严重困扰着正常的业务发展。在这种双重的压力下,银行进行了一系列改革。例如,建立了内部信用风险评级体系和统一授信、审贷分离、尽职调查、集体审议的授信审批制度,实现了客户经理报送项目材料、支行审核、授信部门审查、复查,到贷审会委员集体表决,有权审批人审批全过程的控制。但是与国际性银行相比,我国股份制商业银行无论是风险评估的意识还是风险评估的方法、手段、工具与技术,与国外现代股份制商业银行相比还有很大差距,其主要表现在以下几个方面:

(1)缺乏统一的风险评估和管理。西方股份制商业银行一般都建立了专门的风险控制委员会,负责全行风险的评估与控制的组织领导工作。这个委员会由全行风险控制系统的官员和专家组成,全行的首席风险控制官担任这个委员会的主席,其他的高级管理人员包括首席执行官、首席运营官、首席财务官等一般不参加这个委员会,但在必要时,行长必须就风险控制作最终的裁决,并承担最后的责任。其次,各业务部门都设有风险控制官,并对上一级控制官负责,而不是对同一级业务部门的负责人负责。例如,在德国股份制商业银行的每个业务领域、每个分行(地区分行和二级分),都有相应的风险控制部门,都设有相应的风险控制官。通常,地区分行设有并列的三个总经理,其中必定有一位是专职负责风险控制的总经理,他要对整个风险控制过程和结果负责。同样,每一条业务线,都有一个负责风险控制的首席官员。而我国的股份制商业银行虽然一般也

101

设立了专门的风险管理部门,但是还是存在一些局限性。首先,其职能单一,一般只负责事后对已经形成的不良信贷资产的清收、保全工作,而不是真正意义上对全行各种风险进行全面的、前瞻性的、适时的风险评估和管理的专业部门。其次,业务风险的管理分散在不同的部门。而内部风险计量所需的数据整理开发、系统设计和模型建构等技术性工作,需要在定性与定量相结合的基础上开展,由于缺乏统一的协调和管理,上述工作难以顺利完成。最后,股份制商业银行缺乏专业的职能风险经理和金融工程师,整体风险的把握和评估能力不强。

102

(2)内部评级方法定量简单,风险提示严重不足。目前我国股份制商业银行的信用风险内部评级普遍采用"打分法",即通过选取一定的财务指标和其他定性指标,并通过专家判断或其他方法设定每一指标的权重,由评级人员根据事先确定的打分表对每一个指标分别打分,再根据总分确定其对应的信用级别。这一方法的特点是简便易行,可操作性强,但事实表明这一评级方法存在着以下明显的缺陷:

①评级的基础是过去财务数据,而不是对未来偿债能力的预测。一般来讲,我国股份制商业银行是根据3年的财务数据和相应指标作为打分的基础,同时根据一些定性

指标对打分结果进行修正。过去的情况可以作为分析的起点，但不能反映未来的发展趋势，特别是对将来较长的时期进行预测时，过去的数据与将来的情况相关性较小，以过去的信息为依据的评级可靠性较低。

②指标和权重的确定缺乏客观依据。由于影响评级对象信用状况的各个因素是相互联系的，在对单个指标进行打分，然后加总的情况下，需要利用一定的统计分析技术，确定影响受评对象偿债能力的主要因素及其相关系数，以剔除重复计分的因素。由于缺乏足够的数据资料，只能根据经验或专家判断来选取指标和确定权重，使评级标准的可行性大为降低。特别重要的是，由于每一个受评对象所处的环境不同，同一因素对不同的受评对象影响不可能完全一样，根据固定权重得出的评级结果自然难以准确反映评级对象的信用风险。

③缺乏现金流量的分析和预测。充分的现金流量是受评对象偿还到期债务的根本保证，是分析企业未来偿付能力的核心因素。而长期以来，我国的股份制商业银行将贷款企业是否拥有抵押品作为贷款的主要判断依据，内部评级方法基本上没有对作为第一还款来源的现金流量的充足性进行分析和预测，不能真实反映评级对象未来年偿债能力。

④行业分析和研究明显不足。受评对象所处行业及在该行业中的地位,是影响其信用风险的重要因素。虽然有些股份制商业银行将评级对象按行业做出一定的分类,但总体来看,对不同行业的分析和比较明显不足,评级标准不能体现行业的不同特点,评级结果在不同行业之间的可比性较差。

⑤内部评级基础数据库有待充实,评级结果有待检验。根据历史数据资料对不同信用级别的实际违约数量和损失程度进行统计分析,是检验评级标准和评级结果客观性的重要手段。但是由于中国大多数银行开展内部评级的时间不长,相关数据积累不足,这方面的工作明显落后[46][47]。

(3)风险评估手段落后。目前,我国股份制商业银行对信用风险的评估方法也还停留在手工定性分析和简单财务报表分析阶段。而发达国家的大银行大都结合数学模型对信用风险进行评估和管理。例如,美国第一波士顿银行创建的 Credit Risk+信贷风险计量模型,美国 JpMorgen 的 Credit Metrics 模型,以及 KMV 公司的预期违约概率 EDF 模型。此外,市场风险的计量方法——VaR(Value at Risk,风险价值或在险价值方法,主要代表是摩根银行的"风险矩阵系统")、银行业绩衡量与资金配置方法(主要代表是信孚银行的"风险调整的资本收益率")也得到了较广泛的应用。

(4)贷款风险特征归纳不合理,风险之间的可辨别性差。迄今为止,我国大部分股份制商业银行都没有系统地开展风险研究和风险特征的归纳工作,而仅仅是采用监管部门确定的风险区分标准,标准的适用性较差,分类结果很不均匀,大部分集中在个别级别中,造成风险区分标准不清楚、不充分等问题。目前我国股份制商业银行正在执行的贷款分类方法有期限法与5级分类法两种,其中:

期限法将资产分为正常、呆滞、呆账、损失4类;5级分类法将资产分为正常、关注、次级、可疑、损失5类。5级分类法相比期限法,其分类结果的分布情况虽比前者更趋向合理,但仍然存在风险之间的区分不清晰、不充分等问题。

(5)风险评估主要局限于信用风险,对其他风险和一些新业务缺乏必要的风险分析。我国股份制商业银行风险评估几乎主要都是针对信贷业务而设计的,主要评估信用风险,对制度风险、利率风险、外汇风险、操作风险、市场风险和流动性风险等其他风险的评估还处在初级阶段,对同业拆借、外汇买卖业务、计算机系统风险和其他一些新业务缺乏风险监控。虽然我国股份制商业银行面临的主要风险是信用风险,但随着我国金融体制改革的进一步深入,汇率风险、利率风险等市场风险在我国股份制商业银行的经营活动中将日益突出。

五、人员素质操守差异

人员素质与操守是指银行员工的业务熟练程度、技能、文化素质及道德品质。COSO 报告、巴塞尔委员会以及加拿大的 CoCo 都强调了人在内部控制中的作用,认为其是内部控制环境中最重要的一个因素[48][49][50]。人员素质与操守的高低是由股份制商业银行员工素质控制的水平决定的,西方股份制商业银行为了确保员工素质,都建立了一套严格的制度,主要包括:

(1)建立了严格的招聘程序,保证应聘人员符合招聘要求。

(2)制定员工工作规范,引导和考核员工行为。

(3)定期对员工进行培训,帮助其提高业务素质,更好地完成规定的任务。

(4)加强考核奖惩力度,应定期对职工业绩进行考核,奖惩分明。

(5)对重要岗位员工实行职业信用保险,如签订信用承诺书,保荐人推荐或办理商业信用保险。

(6)实行休假和工作轮换制度。首先,国外银行定期或不定期对员工进行工作岗位轮换。其次,员工每年都有一定时期的休假,并规定每个员工每年至少要连续休假超过1周的假期。这样不仅可以让员工从繁忙的工作中解脱出来,休整一下身心,更重要的是使行内的每个岗位每项业务都有被充分检查的时间和机会,而又不伤害员工的自尊。这种制度对于防止业务人员长期作弊非常有效。

(7)提高工资与福利待遇,加强员工之间的沟通,增强凝聚力。如发达国家大的商业银行总行 CEO 的年薪可高达数千万美元以上;而花旗银行中国地区分行各职能部门均设有若干副经理职位,一般本科毕业的大学生工作 3 年即可提升为副经理,硕士研究生 1 年就可提升为副经理,收入可达到我国股份制商业银行同等"职级"人员的几倍甚至十几倍。

我国的股份制商业银行尽管也重视对员工素质的控制,但与国外股份制商业银行仍有一定的差距:一是对员工培训重视不够,员工缺少职业规划和必要的岗位培训和再培训。二是尽管建立了员工轮岗和强制休假制度,但在实际工作中常常因人手紧张、业务繁忙、岗位需要或碍于情面而执行不严。三是缺乏具有竞争和激励机制的分配制度。由于缺乏具有竞争和激励机制的分配制度,导致一些优秀人才流失,影响内部控制制度的贯彻和执行。

第六节　美国与法国股份制商业银行内部控制机制的借鉴

健全的内部控制制度是股份制商业银行信贷资产安全、有序运行和防范信贷风险的重要前提和基础。国外股份制商业银行在长期的经营实践中摸索和积累了一套行之有效的内部控制机制。

一、美国股份制商业银行的内部控制机制

美国股份制商业银行在长期的经营实践中,为了实现其经营目标,防止股份制商业银行经营风险的出现,形成了一套有效的内部控制机制。第一,有科学而健全的银行治理结构。在股份制商业银行的治理结构中一般有监察机构即监事会,行使对银行高级经理人员以及银行业务经营状况的监督职能。这种企业制度的设计是股份制商业银行正常管理与控制的组织保证。第二,有相互制约的业务部门和审批授权。第三,在内部控制上引入电子化管理手段。第四,要有缜密的内部稽核制度,包括内部稽核目标,组织完善、权力超脱的独立稽核部门,稽核内容的完整与科学以及灵活有效的稽核方法。

1. 联邦存款保险公司对股份制商业银行内部控制的
规定

美国是一个完全金融自由化的国家,实行的是双轨银
行制度,即货币监理署和联邦储备银行可以批准设立全国
性的银行机构,而各州政府的州立银行管理委员会则可以
批准设立州立银行。然而,无论是全国性的银行或者州立
性银行都无一例外地成为联邦存款保险公司的成员,足见
联邦存款保险公司在美国银行系统中的重要地位。它制定
和出台的许多政策和制度对股份制商业银行的经营管理具
有重要影响。

(1)内部控制的界定。美国联邦存款保险公司对股份
制商业银行内部控制制度的评价,基本上是采用1949年美
国注册会计师协会(AIC－PA)所属的工作程序委员会
(Committee on Working Procedures)对股份制商业银行内
部控制的定义标准,即内部控制包括机构计划以及在商业
活动中为保护资产、检查财务数据的准确性和可靠性,提高
工作效率以及促进遵守既定管理规章所采取的一切协调性
方法和措施。此项制度应包括:预算控制、标准成本、定期
经营管理报告、统计分析及其信息发布,旨在帮助员工恪尽
职守的培训计划,以及有充分有效地展开既定程序提供额
外保障的内部稽核队伍等。

109

这一广义的界定清楚地表明,建立和维持一套有效的内部控制制度是银行的管理职责。在以后的界定中,美国注册会计师协会又将内部控制制度分为两大部分:

其一,管理控制:包括但不局限于机构计划以及与最高管理层授权交易决策过程相关的程序和记录。授权交易是与实现股份制商业银行目标的职责直接相关的管理功能,是对外交易实施财务控制的出发点。

其二,财务控制:包括与保护资产、保证财务记录可靠性的相关机构计划、程序和记录,最终旨在为以下几个方面提供合理保证:①开展交易以最高管理层为总体或个别授权为依据;②交易需记录,以便能够按通用会计准则及其他适用标准编制财务报表及了解资产的使用情况;③只有经过最高管理层授权才能使用资产;④应定期比较资产记录与资产现存量,一旦有误,应采取适当措施。

(2)评价内部控制的标准。联邦存款保险公司认为,对股份制商业银行内部控制进行评价至少应包括如下标准:

其一,既定程序:实施有效的内部控制需要既定的内部控制程序,但并非仅此而已。如不切实实施,既定程序用于有效内部控制便失去了实际意义。因此,不仅要制定既定程序,还应通过询问、观察、检测或几者兼而有之的方法来密切注意实施情况。

其二,称职操作:为使内部控制产生效果,所需程序须由能胜任此职的工作人员实施。

其三,独立操作:负有资产看护职责的人员不能兼负资产记录的责任;负有开展活动职责者则不应兼有活动审批或评估的权力。因为既要接触资产、又能接触相关财务记录或开展相关评估活动(或直接监督履行记录或者评估的其他雇员)的职员有可能挪用公款公物,并自行掩盖其行为。

同时,联邦存款保险公司还就评价内部控制制度的恰当性、有效性和实效性作了具体的规定。它认为,在评估恰当性时,内部稽核人员应该分析内部控制制度,以判断该内部控制制度是否具备既能适应情况变化又能实施控制的设计特征,此类评估应从比较"应该怎样"与"实际怎样"入手;在评估有效性时,内部稽核人员应该衡量内部控制的实际状况与控制特征的一致程序以及在多大程度上此种一致性有助于预期目标的实现,此处应该回答"控制有效吗"这样一个问题;在评估实效性时,内部稽核人员应该将控制费用与预其收益进行比较,并据此判断控制的实效性,即内部稽核人员应澄清内部控制制度的收益是否超过成本费用。

2. 联邦储备银行系统的内部控制制度评价

美国联邦储备体系十分注重银行业的内部控制工作,

111

其对内部控制定义为：内部控制是组织计划和在业务中采用所有协调方法和手段，旨在保证资产的安全、检查其会计资料的精确性和可靠性、提高经营效率、坚持既定的管理政策。这一定义大大扩展了内部控制的范畴，把内部控制的职能延伸到与会计和财务部门直接或间接相关的职能中。其内部控制不仅仅是对人员、风险、从业范围、制度和工作程序的监督管理，而且是一个包含了预算控制、标准成本、定期经营报告、统计分析等在内的内部控制与稽核相统一的系统。因此，银行稽核职能的发挥是评价其内部控制系统的重要尺度。

112　　美联储要求银行内部的稽核审计人员负责监督银行在会计、经营和管理等方面是否健全和适当，以确保正常运转，使银行资产免遭损失；同时，内部稽核还负有帮助制定新的政策和程序的义务，还应督促银行遵守法律法规，对现行的监控政策及程序有效性作出评价。为达到这一要求，美联储对银行内部稽核进行检查时，着重从内部稽核的独立性、内部稽核员是否称职、内部稽核的充足性和有效性几个方面入手，强化了内部稽核的功能；从其工作程序、业绩，尤其是专业人员素质这些非常细致入微的指标检查中，促进了银行极其重视风险的内部控制。因为一旦美联储认为某银行内部稽核报告不可信，那么，该银行的内部稽核工作在美联储的综合评级中将处于极低等级,这对该银行的经营发展来说是非常不利的。因此,迫使银行重视内部控制,由此来实现金融监管的精神实质,把风险扼杀在萌芽状态。

同时,美联储还积极采纳关于股份制商业银行内部控制和监管方面的国际惯例——《关于内部控制制度的评价原则》,要求美联储系统监管的银行、银行持股公司和所有在美外资银行必须根据巴塞尔委员会的监管要求,不断完善内部控制制度,以适应这些评价原则的监管需要。

由于美国股份制商业银行数量众多,而且各银行在内部控制制度方面的差异很大,这就决定了我们不可能对美国所有的股份制商业银行,哪怕是规模最大的前 150 家银行进行逐一研究。我们只能通过上述监管机构关于银行内部控制的一般性规定,来了解美国股份制商业银行内部控制制度,尽管不是很全面,但至少给我们两点启示:一是加强股份制商业银行内部控制势在必行;二是完善股份制商业银行内部控制制度必须在金融监管机构的有效监管下,按照国际惯例,根据实际情况来进行。

(1)要正确理解内部控制与管理的关系,进一步认识并高度重视内部控制在管理活动中的重要地位,由公司决策层和部门领导带头,动员各级员工营造良好的控制文化,在内部控制理论与实践相结合的基础上形成共识和共同语

113

言,按照内部控制的三大目标和五大组成部分,以规范的内部控制操作方法,实行对经营管理中各种风险的逐级控制,提高经营管理水平。

(2)要正确理解内部控制与风险管理的关系,进一步确立内部控制在整体管理中的重要地位,按照国际规范的内部控制原则和系统框架,尽快建立适合中国国情的银行内部控制组织结构,如建设内部控制的执行系统(内部控制委员会)和监督系统(内部审计委员会),尽快在体制上明确高级管理层在这方面的责任,加强对内、外部所有风险的总体研究和控制。

(3)要正确理解内部控制与内部审计的关系,明确内部控制主要是经营管理部门的责任,对内部控制的检查评价也主要是经营管理部门的责任;同时,内部审计部门要把工作的重点尽快转向对经营管理的内部控制系统进行有效的和全面的审计再监督,并在监督评审中注意保持独立性,建议和敦促经营管理部门纠正控制的缺陷。

(4)要正确处理依法治行与内部控制的关系,强调外部评价和监管的作用,完善有关法律、法规,将银行从业人员资格、内部控制体系、内部控制效果、评价原则等纳入法律约束范畴,提高内部控制建设的严肃性,从源头、过程和结果等全方位防范各类经营管理风险,保障股份制商业银行稳健发展。

二、法国股份制商业银行的内部控制机制

　　法国股份制商业银行的内部控制机制主要有以下几个特点：第一，有完整的组织结构体系，注重发挥金融机构董事会、审计委员会及内部审计人员的作用。第二，有相互牵制与制约的业务操作规程。第三，按风险特性来控制和防范风险。首先根据风险是否可以量化分为量化风险和非量化风险两大类，然后对于每一种风险制定合适的风险承受政策，对能够量化的风险制定风险限额，同时，经常监督风险控制政策和风险限额的遵守情况。第四，有独立的审计控制原则。内部审计部门独立于所控制的业务活动之外，内审机构的高级管理层只设在总行，分支机构内部审计主要对总行负责。

第四章　我国股份制商业银行内部
控制的演变发展过程

第一节　我国股份制商业银行
内部控制的演变过程

　　随着我国改革开放的深入，特别是经过金融危机的洗礼，人们越来越感到强化商业银行内部控制建设的重要性，同时也在积极探索如何才能进一步加强管理。内部控制的概念被国际社会所强调，也引起了我国金融界的高度关注。自从 1997 年中国人民银行颁布《加强金融机构内部控制的指导原则》以来，各股份制商业银行和非银行金融机构普遍重视并开展了内部控制管理活动。

一、我国股份制商业银行内部控制建设的历程

目前全球银行业及银行监管当局对内部控制日益关注,这是在一定程度上对若干银行机构遭受大量损失后的回应。与世界上其他银行监管当局一样,多年来我国银行监管部门也非常重视银行的内部控制,并不断采取措施加强对我国股份制商业银行内部控制的评估和监督。总体上,我国股份制商业银行内部控制制度的建设基本可以分为两个阶段。

1. 第一阶段(从 20 世纪 80 年代末到 1996 年)

这是我国股份制商业银行内部控制建设的起步阶段。该阶段的主要特征是内部控制制度的建设缺乏系统性,内部控制制度的建设主要集中在业务管理制度的制定上,而业务管理制度又主要集中在资产负债管理和信贷业务管理上。1994 年 2 月和 7 月中国人民银行分别下发了《股份制商业银行资产负债比例管理暂行监控指标》和《股份制商业银行资产负债比例管理考核暂行办法》。为了加强股份制商业银行信贷管理,1994～1996 年期间中国人民银行又先后发布了《信贷资金管理暂行办法》、《贷款通则》和《股份制商业银行授权授信管理暂行办法》。这些规章制度为促进股份制商业银行提高贷款质量、防范贷款风险发挥了积极

的作用。而 1995 年颁布并实施的《中华人民共和国股份制商业银行法》则是此阶段最具意义的一步。它从法律的高度对股份制商业银行资产负债管理、信贷管理以及财务管理等多方面提出了全面系统的要求，为系统化地建设股份制商业银行内部控制奠定了基础。

2. 第二阶段(1997 年至今)

这是我国股份制商业银行内部控制不断完善和发展的阶段。该阶段的主要特征是内部控制制度在不断系统化的同时还在进 ·步发展。1997 年亚洲金融危机给危机国和周边国家国民经济所造成的灾难引起了各国银行监管部门对银行风险的高度重视。中国人民银行也于当年制定了《加强金融机构内部控制的指导原则》，2002 年又对该指导原则进行了修改和完善，即《股份制商业银行内部控制指引》，它旨在进一步指导和促进我国股份制商业银行建立更加有效与完善的内部控制制度。为了进一步促进股份制商业银行不断完善公司治理结构，2002 年又相继下发了《股份制商业银行公司治理指引》和《股份制商业独立董事和外部监事制度指引》；同年又下发了《股份制商业银行信息披露暂行办法》，要求股份制商业银行加强信息披露，强化了股份制商业银行内部控制的外部监督。我国银行业分业经营、分业监管后，2004 年 12 月，中国银行业监督管理委员会颁布了《商业银行内部控制评价试行办法》,为进一步规范和加强对股份制商业银行内部控制的评价,督促商业银行进一步建立和健全内部控制机制,保证商业银行安全稳健运行提供了更为具体而有效的、全面的、系统性的指导。

二、我国股份制商业银行内部控制建设所取得的成绩和措施

我国各股份制商业银行在加强内部管理、完善内部控制方面做出了不懈的努力,并取得了一定的效果。具体来讲,它包括:已经从思想认识入手,增强内部控制与风险防范意识,开始检查现行各项内部控制制度的整体有效性;修改了一批与业务发展不适应或存在漏洞的内部控制制度,针对内部控制方面存在的问题,采取了一些有效的控制措施;内部控制水平和风险防范能力在逐步提高。我国金融机构内部控制薄弱的问题已经引起金融界乃至党中央、国务院的高度重视。目前,为加强对银行业的监管,专门从中国人民银行分离出银行监管职能,成立了中国银行业监督管理委员会[51]。同时,政府也相继采取了一系列措施不断督促股份制商业银行健全内部控制。概括起来,主要有以下几个方面:

一是制定了一系列有关内部控制的法律、规章制度等,如《中华人民共和国商业银行法》、《商业银行信托投资公司等资产负债比例管理制度》、《贷款通则》、《商业银行授权授信管理办法》、《银行贷款损失准备计提指引》、《商业银行中间业务暂行规定》等。这些规章制度,除了对内部控制提出了原则要求以外,还就一些关键问题明确规定了具体的控制措施。

二是加强对股份制商业银行内部控制状况的现场检查和非现场监督检查。例如,每次在对股份制商业银行进行现场稽核后,都要对查出的问题做出原因分析,对被稽核股份制商业银行内部管理、内部控制方面的问题提出比较切实可行的整改建议,所有这些都有力地促进了股份制商业银行内部控制的加强和改善。

三是对股份制商业银行内部审计工作进行指导和督促。银行监管部门一直与各类金融机构内部审计部门保持着密切的工作联系,经常向其通报银行稽核工作的情况,帮助其解决一些工作中存在的困难。通过这些努力,各股份制商业银行内部稽核工作不断地得到加强和完善,成为内部控制诸多要素中的重要一环。

1996年,中国人民银行稽核监督局专门成立了一个金融机构内部控制问题调研小组,各级稽核部门在全国范围内组织人力对2 000多个金融机构的内部控制状况进行了摸底调查。与此同时,对国际上的一些经验和做法也进行了广泛了解与研究,在此基础上中国人民银行于1997年颁布了《加强金融机构内部控制的指导原则》，对金融机构内部控制的目标、原则、内容、基本要求以及监督管理等诸多方面提出了比较系统的原则意见。这是我国中央银行加强对金融机构内部控制建设指导督促工作的一个重要举措，意义非常重大。为了适应我国加入 WTO 后的形势需要，中国人民银行又公布了一系列规章制度或指引。2002 年 9 月 7 日，中国人民银行发布了《股份制商业银行内部控制指引》以取代《原则》。《指引》的发布标志着我国银行业内部控制的理论研究与实践进入了一个崭新的阶段。中国银行业监督管理委员会成立后，已于 2004 年 12 月 25 日制定并颁布了《商业银行内部控制评价试行办法》，进一步建立和健全了对商业银行内部控制评价管理。

第二节　我国股份制商业银行内部控制的现状

我国现有的股份制商业银行是自改革开放以来出现的，历史非常短。股份制商业银行建立、发展和改革的过程也是内部控制制度建设的过程。在这个过程中，股份制商业银行确立了以效益为中心的经营目标和"效益性、安全性、流动性"相结合的指导原则，初步建立起与自身业务基本适应的比较完备的规章制度体系。如根据国家会计制度和银行业务特点,制定了本行的会计业务制度和操作规程,按照职责分离、互相牵制的控制思想划分了业务部门并设置了业务岗位等。

随着股份制商业银行的改革向纵深方向发展,各家银行在内部控制建设方面进行了新的探索。例如,20世纪80年代末,深圳经济特区的一些股份制商业银行率先实行资产负债比例管理;招商银行实行贷款责任人制度与授信限额管理等等,这些强化内部控制的措施很快在各家股份制商业银行得到普遍推广。

近年来,一方面股份制商业银行不良资产总额不断增加,并且已经产生了一定的损失;另一方面市场情况也变得越来越复杂,经营风险越来越大。日益激烈的同业竞争趋势随着外资银行进入中国市场而进一步加剧。国内股份制商业银行从20世纪90年代后期起,积极致力于提高自身的经营管理水平,开始将真正意义上的内部控制理念、理论和方法引入经营中。具体的做法是:大力倡导和推行内部控制制度,努力把内部控制融入银行的企业文化中;加快内部控制制度的修订和制定工作,力图建立统一的内部控制体系;根据内部控制的原理重新审视原有部门和机构设置,并进行了大胆的调整和改革;内部控制开始从领导层和监督审计部门向各个业务部门与业务环节延伸;按照内部控制的要求陆续制定了一些标准化的业务流程、操作手册和岗位说明书,管理模式逐步向国际通用做法靠拢;积极推行一级法人制改革,上收管理权限,完善业务审批制度,对重大风险业务实行了授权管理;为了减少管理层次,提高控制能力,积极进行分支机构改革;加强了对重要业务和重要岗位的控制,建立了专门负责风险监控的部门,风险防范水平有所提高;各行都进行了内部审计体制改革,充实了内部审计力量,初步建成相对独立的内部审计体系。这些机构和加强内部控制的具体措施已经显现出一定的成效。总的看来,我国股份制商业银行在最近几年里,特别是加入 WTO后,不仅开始关注和认同内部控制,而且在内部控制制度建设上进行了积极的探索,做出了巨大的努力,取得了一定的成果,可以说,我国股份制商业银行已经步入一个内部控制的建设期。

123

第三节　我国股份制商业银行内部控制存在的主要问题

一、现行薄弱的内部控制制度不利于风险防范

自 20 世纪 80 年代以来,随着金融创新步伐的加快以

及世界经济的一体化和金融的全球化,金融机构的风险越来越大,金融业变得越来越不稳定,集中表现在世界范围内的金融业特别是银行业的危机频繁发生。从巴林银行的倒闭到日本大和银行事件,从国际商业信贷银行的倒闭到东南亚金融危机,不仅直接影响到各国国民经济发展及国民利益,而且直接威胁到国家的安全和世界金融体系的稳定。事出的原因多种多样,但几乎都与银行内部管理不善和内部控制不力有关。我国目前正处于向市场经济发展的转轨时期,尽管目前尚未发生明显的金融危机以及大规模银行倒闭的现象,但我们应看到我国银行业不安全的因素始终存在,巨额的不良资产,层出不穷的经济案件,违法、违规经营等等,特别是在加入 WTO 后,中国融入世界经济金融环境之中,银行风险会急剧放大。因此,强化内部管理,健全内部控制制度显得更为重要[52][53]。

1. 内部控制意识薄弱,认识滞后

目前,股份制商业银行部分员工对内部控制制度建设缺乏全面正确的认识。一些管理者把内部控制制度理解为各种规章制度的汇总,认为抓内部控制制度建设就是颁发、制定规章制度,忽视了内部控制制度是一种业务运作过程中的环环相扣、监督制约的重要机制;部分员工认为加强内部控制是稽核部门或领导的事,与自己关联不大,没有认识到内部控制制度是各部门、各岗位、全体人员之间的一种自我约束、自我保护、相互监督和防范风险的内部控制机制。正是由于我国对内部控制制度的研究和起步较晚,加之人们对内部控制制度普遍缺乏系统性的认识,没能真正理解内部控制制度的涵义,内部控制文化没有深入人心,直接影响了内部控制制度的建立和完善。内部管理大多停留在传统做法上,管理工作依赖直觉和经验,靠惯性运转。面对迅速变化的业务环境和不断出现的新市场、新产品,有些相应的制度和监控手段没有建立起来,内部控制没有及时跟上,出现了新的控制空白,引发了新的风险和损失。

对内部控制的工作责任和适用范围的理解存在偏差。有的管理者和业务部门没有意识到自己在内部控制过程中应当承担的职责,仅仅把内部控制当作上级对下属的管理手段。对业务决策过程控制偏弱,个别机构负责人特别是基层机构领导人游离于内部控制之外,形成较大的风险隐患。

2. 内部控制制度建设滞后

内部控制先行的企业文化氛围尚未形成,股份制商业银行内部对内部控制建设的重要性和迫切性没有完全达成共识。不少机构仍然存在重发展、轻管理的指导思想,注意力主要集中在追求业务指标、抢占市场份额、扩张业务规模等方面,内部控制作为内部管理的基础性工作没有得到足够的重视[54][55][56]。

首先,内部控制建设缺乏系统性,仅侧重于规章制度的制定。有些规章制度形式化倾向严重,成为停留在文件上和贴在墙上的东西。对于如何推动内部控制系统持续运转,如何在日常业务活动中维护内部控制有效性的课题研究不够深入,没有找到有效的解决方案。其次,规章制度、业务流程、信息系统条块分割和缺乏统筹的格局,派生出内部控制分散、重叠、脱节、矛盾、空白、低效等种种问题。再次,内部控制是由相关、协调一致的要素构成的统一体,而现阶段尚未从这个角度对银行的整体结构进行分析、设计和改革,内部控制各项措施基本上还是处在各自为政的状态。

与逐步完善起来的业务考核指标体系及其激励约束机制相比,对内部控制状况的评价及其激励约束机制显得相对滞后。如果没有具体针对内部控制的利益调节措施,就不可能产生有效的引导和激励的作用;反过来,如果对违反内部控制程序甚至由此酿成风险和损失的行为处理不力,也就不足以起到约束和规范业务行为的作用。

3. 现有的信息系统对内部控制管理支持不足

信息系统的主要任务是为决策系统提供正确决策所必

需的信息,并及时验证决策的正确性,灵敏、准确、及时地把经营情况和出现的偏差进行反馈,以适时进行调整和修正,实现预定的目标。目前,股份制商业银行数据信息比较分散,缺乏统一的计算机数据信息系统和集中的数据信息库,信息的共享程度较差,使得内部控制管理信息的获取、归集和分析比较分散而且手段落后,反馈渠道也不畅通[57][58]。此外,我国股份制商业银行实行的是总、分、支行体制,分支结构设置层次较多,传递链条过长,扁平化程度低。信息的传递通过金字塔式的组织来完成,使信息传递的准确性低、时效性差,造成信息传递效率低下。

目前,我国股份制商业银行内部监控还处于对某一时点、某一时段的静态检查阶段,专项任务也大多表现为运动式的事后处置,系统的、动态的、事前的、前瞻性、预防性的检查明显不足,内部控制中存在的问题难以及时发现。在审计方法上,主要采用详细审计或依赖于审计者个人经验判断的抽样审计方法,而未采用现代审计通行的制度基础审计、风险导向审计和科学的随机抽样办法。同时,审计手段落后,计算机辅助审计软件的开发和应用刚刚起步。因起步较晚,我国股份制商业银行计算机辅助审计系统仍处于实验和探索阶段,内部审计的作用大打折扣。

4. 没有能力对经营风险和内部控制状况作出全面及

时的监测与评估

识别和评估风险的技术比较陈旧,缺乏规范的标准和程序。另一方面,跟踪评估的时隔时间较长,达不到连续性的要求。由于体制和人力资源配置的原因,内部审计的独立性得不到保证,一般只能针对一些具体问题进行局部评估,覆盖范围和完整程度十分有限,难以完成对分支机构内部控制状况持续进行全面评价的任务。在此基础上,后续的风险管理和内部控制措施无法及时跟进,有效转移、抑制和降低风险无从谈起。在大部分情况下,银行只能被动承受市场变化和业务运作中暴露出来的风险。

二、控制环境方面

这些年我国股份制商业银行在内部控制制度方面,已经作了很多努力,许多内部控制制度,在实践中运行多年。但是,有一些单位内部控制制度一再失效,内部控制环境存在问题较多。

1. 机构、部门之间利益分割。管理层次重叠,收集、传送、分析信息的手段落后而且分散。受以上多重因素的制约,全面、准确、快速地传输信息的目标无法实现,虚假业务信息反而成为比较普遍的现象;信息的横向交流没有通畅的渠道,许多信息无法共享。这些缺陷不仅使信息优势不能充分发挥在内部控制中的重要作用,不能对内部控制的其他要素提供有力支持,有时甚至还会延误或者误导下一步的控制对策。

2. 有些金融机构缺乏明确的经营方针,不能够制定适合自身实际的发展战略和中长期经营目标。因此,在实践中他们往往不能认清自己在竞争中的位置,常常提出不合实际的口号,盲目决策,过分追求规模。由于人才的培养跟不上规模扩大的需要,造成部分分支机构管理人员素质较低,缺乏必要的政策水平,违规经营和账外经营相当普遍,弄虚作假现象十分严重,极大地损害了金融业在社会上的形象和声誉。这种粗放经营、粗放发展的结果是业务不能按预定的要求开展,资产越来越大,资产质量越来越差,甚至造成混乱,最终导致管理上"失控"。

3. 按照《中华人民共和国公司法》和《中华人民共和国股份制商业银行法》,股份制商业银行必须建立规范的董事会和监事会,负责制定内部控制的总体框架、政策和规划,实施有效监督。

4. 银行公司法人治理结构有待进一步完善。与真正市场化的货币金融企业相比,目前中国股份制商业银行尚未建立符合现代银行制度要求的公司法人治理结构,仅仅"形似",而还未"神似"。与之相适应的自我约束和自我发展机制需要进一步完善,不同程度存在着公司治理架构不健全、决策执行体系构造不合理、监督机制有效性不足等问题。这些都在一定程度上限制了股份制商业银行内部控制制度的有效实行。

三、风险管理方面

自 20 世纪 90 年代以来,随着我国金融体制的不断改革,股份制商业银行在风险评估和管理方面采取了一系列有效的措施,但是与银行经营的客观要求相比,仍存在许多问题。目前大多数银行只对单项信贷风险比较重视,但信贷风险的管理还相当落后,对经营中面临的包括信贷风险、流动性风险、利率风险、市场风险、操作风险、法律风险、策略风险、声誉风险等在内的各类风险没有进行全面识别和评估,没有对各类风险设定限额,进而采取有效措施将风险控制在可以承受的限度内。风险管理还没有成为内部控制活动的核心内容,银行只能被动应对各种风险。

1. 风险防范意识薄弱

竞争是残酷的,竞争必然会有成功和失败。有些金融机构盲目地强调竞争,忽视了管理对竞争的作用。因此,受利益驱动,重经营,轻管理,把发展业务、开拓市场与加强控制、监督约束对立起来,自我防范意识较差,自我约束机制尚未完全建立,结果是内部管理跟不上业务发展的需要。贷款评估流于形式,审贷分离和贷款"三查"制度不能有效实施,突出表现在有些机构信贷审查部门缺乏独立性,放款档案资料不全,没有系统、完整的客户信用资料,对放款缺乏整体的动态监控和效益分析,对单个企业的放款缺少定期评述,以致资产风险不断加大。对借款人信用缺乏必要的分析手段,即使有分析,也只是表面上的,没有严格执行贷款的评估程序或信用的评估方法不适;对单个贷款客户没有确定总的授信限额,对不同的信用形式没有规定相应的上限,放款结构不合理,对金融机构资产的安全性产生了不利影响。

131

2. 法律、政策意识不强,造成不必要的法律政策风险

有些金融机构在进行交易时,一些法律文件仅通过经办人员与交易的对方签署,而不是通过公共的法律部门认定合法后由法律部门公证签署。如抵押贷款中关于抵押品真实性的确认,放款人作为第一被押人的证明文件不齐全;担保贷款中有些担保人是政府机构或行政机关,这些无效担保都没有法律保障。因此,当发生业务纠纷时,无法借助于法律手段来保护自己。

3. 缺乏有效的系统资金调剂和资金成本核算机制,造成支付风险

与资产风险相联系,大量的不良资产使得银行的资金到期不能收回,严重影响了正常的结算和支付,使银行资金的流动性发生困难,间接地产生了不合理的压票、压汇甚至拒付等现象。虽然随着金融市场的建立与发展,银行可以灵活地运用和调剂资金,但是,由于缺乏定量的每日头寸预测预报和成本分析机制,在调剂和运用资金上带有一定的盲目性,有时头寸不足,甚至形成向中央银行透支;有些机构则过于谨慎经营,资金运用不足,在中央银行沉淀大量的存款,影响了资金的收益。

4. 安全措施不完备形成的系统风险

安全防范措施不完备,手段落后,一些必要的监测、监控机制尚未建立,事前、事中的预警、预报机制差。主要表现在:有的机构对放款和资金交易等重要档案的管理没有设立专房、专柜保管;防火、防潮、防盗措施不够完备,没有建立有限接触和存取登记制度;对资产质量、资金交易业务经营效果缺乏定期分析,重大问题报告不及时,从而不能够有效地控制风险,当风险发生时也不能及时采取纠正措施。随着新技术在金融业的运用,银行的自动化水平日益提高。但是,部分银行在编制计算机应用程序时,内部控制的要点不能够有效地渗透到各个系统的关键环节,甚至系统本身就不太完整,给控制人员的有效监督带来一定困难,致使问题难以及时发现,利用计算机作案的现象时有发生;同时缺乏备用系统网络和备用电源,当遇到系统发生故障或停电时,业务即告中断,从而形成了自动化处理和系统故障风险。

四、股份制商业银行内部控制企业管理层面的问题

1. 缺乏内部控制文化

在观念上,对内部控制的认识和理解存在偏差,认为内部控制就是各项工作制度和业务规章的汇总,有了规章制度,就有了内部控制,忽视了内部控制是一种机制,是一种业务运作过程中环环相扣、监督制约的动态控制;虽然在业务工作中都建立了基本的规章制度,但制度不够完善和健全,或过时、或尚未建立、或缺乏操作性,不能为业务提供实际的指导,这些制度上的不完善和不健全,导致了内部控制上的漏洞和操作上的失误,增大了银行经营的风险。或者就算有制度,也是遵章不严、有章不循,形同虚设。

2. 缺乏明确的经营战略

有些机构不能够制定适合自身实际的发展战略和中长期经营目标,常常提出不合实际的口号,盲目决策,过分追求规模,业务发展不计成本。在业务发展中短期行为严重,不注重培养核心客户群,不重视扶持中小企业的发展,没有形成银企之间良好的合作与互动,更没有银企之间共发展、同成长的可持续发展的理念。

3. 内部管理机制不完善

缺乏必要的办事程序,甚至还存在长官意志,业务的审批和授权随意性较大,甚至滥用职权。违规越权、逆程序操作的行为还不时地存在,内部控制制度没有得到严格执行。

4. 内部组织结构不尽科学

部门之间业务分工不明确,权力制衡在运行中失灵。由于缺乏严格的授权管理和集体决策程序,造成授权不清,责任不明,甚至出现滥用权力、滥授权的现象。有些分支机构权力过大;部门内部各岗位之间职责不清,内部权责脱节,权力得不到有效制约,遇事互相推诿,无人负责,不仅影响效率,甚至会酿成风险。

5. 风险防范意识薄弱

受利益驱动,重经营、轻管理,把发展业务、开拓市场与加强控制、监督约束对立起来,自我防范意识较差,贷款调查流于形式,审贷分离和贷款三查制度不能有效实施,重放轻管,授后管理缺位,以致不能及时察觉风险并适时退出或及时采取资产保全措施。

6. 安全防范措施不完备

银行安全防范手段落后,一些必要的监测、监控机制尚未建立,事前、事中的预警、预报机制差。内部监督层次不高,权威不够,缺乏独立性。限于表面的合规性核查,不能及时发现问题,侧重于事后的监督和补救,难以对风险作出全面的评估和进行事前的规避与防范。

第四节　我国股份制商业银行公司治理结构存在的主要缺陷

我国股份制商业银行在治理结构方面的问题要比西方现代股份制商业银行复杂得多。在西方,股份制商业银行治理结构主要处理的是由于所有权与经营权相分离之后而产生的代理问题,其主要任务是:股东和代理股东的董事会如何选择并激励、约束经理人,使银行按照企业和股东价值最大化的要求来运行。大量的案例表明,在西方,有问题的股份制商业银行,其根源大多在于经理人掌握了银行的控制权,并失去股东的信赖,而较少在于股东作了过多的干预。总的来说,目前我国股份制商业银行治理结构的缺陷主要表现为以下三个方面。

一、内部控制制度悬空

我国股份制商业银行由于有着特殊的历史背景和计划

135

经济的运行模式,内部控制机制长期得不到重视,造成了银行内部控制制度建设的滞后和实际运行中内部控制机制的悬空。主要表现在以下几个方面:

1. 思想上对内部控制制度重视不够,使内部控制制度流于形式

股份制商业银行承担着宏观调控和金融服务双重任务,各级管理层重国家计划、轻自身管理,重速度和规模、轻质量和效益。各职能部门和各位员工把遵守国家的方针政策、规章制度视为其业务活动的目标,在业务活动中缺乏相互联系和沟通,缺乏相互牵制和监督的观念,简单地把内部控制制度理解为一般的规章制度,理解为国家法律规章制度实施细则的具体化,把内部控制与管理、内部审计、会计检查等同起来。

2. 内部控制制度分别由各职能部门制定,不利于银行内部全过程的调控

目前商业银行缺乏专门制定和执行内部控制制度的机构,其内部控制制度大多分别由各职能部门去制定和执行,导致政出多门,各自为政,使内部控制制度缺乏整体性和协调性,再加上各部门之间缺乏协调配合和信息沟通,许多规章制度之间相互冲突,难以有效发挥其控制作用,以致内部控制制度有效性和操作性较差。

3. 内部控制制度没有以风险和效益为目标,致使内部控制制度只停留在事后的合规性检查上

由于商业银行长期以来是在国家行政干预下开展各项业务的,其风险全部由国家承担,尤其对新项目、新业务、新机构的设立缺乏严格的风险考察和评估,对企业的信用分析仅限于对过去的经营和财务资料的审查,对企业未来风险预测不够,风险的估测技术落后,主观判断多,科学方法少,难以真实、客观地反映企业的风险状况。

二、管理者激励约束机制的欠缺

1. 激励机制的欠缺

股份制商业银行是以盈利为最终目标的,虽然股份制商业银行的管理者掌握着庞大的资源,但是缺乏一种强烈追求盈利的动机。因为在目前的体制下,个人的收入水平或职级升降与经营管理业绩关系不大,这种缺乏激励机制的体制难以发挥优胜劣汰的作用。官本位制度在股份制商业银行仍然盛行,职业化、市场化的职业经理人和职业银行家队伍没有形成。

2. 约束机制的欠缺

目前,股份制商业银行的约束机制大多侧重于业务经营指标,而与内部控制管理和风险防范方面的联系不够紧

137

密,往往是出现了重大风险或已造成损失时才给予处罚。由于对员工的管理水平缺乏科学合理的考核,对个人的业绩考核缺少内部控制能力的硬约束,导致人们对有章不循、违规操作的严重性认识不足,久而久之必将形成隐患,一些案件发生的根源也多在于此。还有的对职能部门的管理工作缺乏严格的约束力度,各部门对管理情况的考核一般都是通过对基层的不定期的审计评价来体现的,所得结果往往是分散和滞后的。同时,对各非职能部门的管理水平也很难做出全面准确的评价,影响了员工管理水平的提高和风险防范意识的增强。

三、内部人的自利行为

由于还未形成有效的激励和约束机制,很容易使经理层出现内部人的自利行为。这主要表现为:往往经理层决定股份制商业银行发展、经营和分配等方面的重大决策,这样就会出现个人独断现象;强调在职业绩而导致经营行为短期化;过度地发放信贷资金;增加在职消费以及工资、奖金等收入增长过快,侵蚀利润等。另外,股份制商业银行的经理层人员还会利用政府行政上的超强控制来推脱责任,将经营过程中产生的损失推脱为行政干预形成的损失,由此来转嫁风险,推脱自己的责任。

　　另外，股份制商业银行缺乏必要的控制文化。银行内部的总体控制力、各部门之间以及部门与整体之间的协调配合上控制力不强，一些分支行不能够按照一级法人确定的价值准则行事，违规经营。控制文化的缺失，加大了银行的经营风险和道德风险，不利于规范经营管理人员的行为，对银行目标的实现也构成了威胁。股份制商业银行还缺乏一个能够有效配置资源的竞争性市场结构，这一缺陷具体表现为金融资本无法通过市场机制实现优化配置，形成这一问题的根本原因是政府长期以来对金融业实行的垄断性保护政策[59][60][61][62]。

第五章　PDCA循环法对我国股份制商业银行内部控制系统建设的适用性探讨

第一节　内部控制建设引入PDCA循环的必要性

针对我国股份制商业银行内部控制制度建设中存在的问题及其成因,在内部控制制度建设过程中,应当引入ISO9002标准里的质量管理方法(PDCA循环),该方法在一定程度上能很好地解决我国股份制商业银行内部控制制度建设中存在的问题[86]。内部控制建设引入PDCA循环是非常必要的,具体表现在以下三个方面:

一、PDCA循环能很好地理顺内部控制与发展的关系

由于内外因影响,我国股份制商业银行成立初期往往走的是片面扩大外延而忽视内涵的粗放式经营的道路。在资产规模扩大的同时,不良贷款总额也在急剧增加,资产收益率呈不断下降的趋势。目前资产的风险控制和防范成为股份制商业银行工作的重中之重。因此,一些银行为了防止和减少新的不良资产,在业务发展上过分地谨慎和保守,从而在一定程度上制约和影响了业务的发展与创新。

安全性是股份制商业银行生存发展的基本前提,有效的风险控制是银行经营和资产安全的根本保证,是股份制商业银行经营管理的最基本内容。但是,风险的控制不应窒息业务创新和经营发展的活力。新的金融产品和金融工具的推出,新技术的采用,贷款余额和客户群的扩大,固然会使风险增加,但主要是使银行经营规模和经营效益迅速增加。

PDCA循环的现代管理理论就是将内部控制管理分成多个循环过程,每一次的循环是对内部控制的改进和完善,找到内部控制和发展的平衡关系,即每循环一次,就解决一部分问题,最大程度上提高经营规模和经营效益,并增强对各类风险的抵御能力。PDCA循环理论的引入,将

使股份制商业银行在风险处理上具有更大的回旋余地,有财力建立更有效的风险控制系统,从而从根本上提高风险控制能力。

二、PDCA 循环能很好地协调内部控制与外防的关系

股份制商业银行风险的来源无外乎外部和内部两个方面:所谓外部风险,就是由于银行的客户情况,国家政治、经济形势、政策以及银行经营环境等外部因素发生变化而导致的风险。所谓内部风险,是由于银行内部经营管理不善,或内部人员和机构的主观行为而造成的风险,它涉及银行内部机构、制度、规定、管理、技术、人员等各个方面,如决策的失误,工作的疏忽,管理的漏洞等导致的风险[87]。

PDCA 循环具有大环带小环的特性,我们可以将外部风险和内部风险分别视为整体运行体系与内部子体系,两者构成大环带动小环的有机逻辑组合体。我们可以根据外部环境的变化,及时调整控制内部风险的措施,保证内部控制体系的高效性。

三、PDCA 循环能很好地处理内部控制与效率的关系

为了有效地防范和控制风险,股份制商业银行制定了一系列的制度,以此来规范分支机构的行为,进一步集中了

权利,实行了严格的授权、授信制度,建立了贷款、财务、审查等委员会,有效地防止了风险的发生,但是由于高度集中统一的管理,也付出了一定的时间成本,影响了一定的效率。基层机构的业务与管理由于处在第一线,责任与权利发生的不对称,在一定程度上影响或削弱了一线人员的工作积极性,也使效率和业务发展受到一定的影响。实施PDCA循环管理,可以在管理过程中及时发现这类问题,及时进行修正,以便制定出相应的管理办法,有利于提高一线业务与管理人员的工作积极性,从而使内部控制体系具有更高的管理效率。

143

第二节　PDCA循环法

一、PDCA循环法简介

PDCA循环的概念是由美国质量管理专家戴明提出的,所以又称"戴明环",它就是"计划—执行—检查—处理"工作循环,是全面质量管理的基本活动方法。PDCA循环把全面质量管理的工作过程分为计划(Plan)、执行(Do)、检查(Check)、处理(Action)4个阶段,这4个阶段又是周而复始不断运转的,其中每个阶段又可具体分为若干个步骤[88]。

第一阶段是计划,也就是制定目标、活动计划、管理项目和实施方案。计划阶段又分为四个步骤:(1)分析现状,找出存在的质量问题;(2)分析产生质量问题的各种原因和影响因素;(3)从各种原因中找出影响质量的主要原因;(4)针对影响质量的主要原因,制定技术组织方案,提出措施,执行计划和预计效果,并确定具体的执行者、执行时间、进度、地点、部门和完成方法等方面。以上步骤是计划阶段的工作程序,也是管理循环的前四个工作步骤。

第二阶段是执行,也就是按预定计划和措施要求,扎扎实实地去做,以贯彻和实现计划目标与任务。这是管理循环的第五个步骤。

第三个阶段是检查,也就是对照执行结果和预定目标,检查计划执行情况是否达到预期的效果,哪些措施有效,哪些措施效果不好,原因在哪里,所有这些问题都应该在检查阶段调查清楚。这是管理循环的第六个步骤。

第四个阶段是处理,它包括两个步骤:(1)根据上阶段检查的结果,把成功的经验肯定下来,以供今后遵循;对失败的教训也要加以总结整理,记录在案,以供借鉴;(2)把没有解决的遗留问题,转入下一个管理循环,作为下一阶段的计划目标。这就是管理循环的第七、第八两个步骤[89]。

PDCA 是一个循环系统,而且是一个前进的循环系统。每转一个圈,就能提高一步。犹如登楼梯,转一圈,就等同提高了一步,实现了一个目标,管理水平也提高了一步,下一个循环则可以从一个更高的起点开始。

二、PDCA 循环的几个特性

1. 系统性

PDCA 循环是针对人的行为特性而设计的一个系统,一旦人的行为按照 PDCA 循环的方式来做事,就会产生事半功倍的效果,就会体现出系统的涌现性,呈现出 $1+1>2$ 的效果,即整体大于部分之和。

2. 控制性

控制是监视各项活动以保证它们按计划进行并纠正各种重要偏差的过程。管理过程、控制的类型与 PDCA 循环三者之间的关系如表 6—1 所示:

表 6—1　　　　管理过程、控制类型与 PDCA 循环关系表

管理过程	输入	过程	输出
控制的类型	前馈控制:预计问题,避免问题的发生	同期控制:当问题发生时对其进行纠正	反馈控制(后馈):问题发生后加以纠正
PDCA	P 阶段	D 阶段	C、A 阶段

按照控制论的观点,控制的类型分为三种:前馈控制、同期控制、反馈控制。

PDCA 循环系统涵盖了控制的这三种类型。P 阶段是一个预计问题进行前期控制的阶段,属于前馈控制;D 阶段,在实施过程中当问题发生时对其进行纠正;C 阶段和 A 阶段,问题发生后加以解决,属于反馈控制。

3. 信息论特性

信息具有一个特性,一个系统的信息可以从该系统中分离出来,转录在称作载体的其他物质上而不改变该系统。依据这种特性,我们能够根据以前获取的信息、经验来设计一个全新的系统,改善一个系统的运作。PDCA 循环作为一个系统,同样有着系统的信息论特性,我们正是利用了这种特性,把 PDCA 循环从全面质量管理系统中提取出来,应用到股份制商业银行内部控制系统中去。

4. 循环论特性

PDCA 循环是一种上升的循环,它的这种循环论把持续改进的全面质量管理要求落到了实处;同时这种持续改进的循环令 PDCA 循环适用于任何有持续改进要求的场合,银行内部控制系统正是这样的系统。

总结以上分析,PDCA 循环这样一个看似简单的循环实际上包含了非常精巧的设计,它符合系统论的观点,自成一个管理系统;同时,在其结构中又巧妙地采用了控制论的观点,设定了多种控制方法,以此来保证系统按照设计的要求来运作;为了达到有效的控制,又引入了信息论的观点,在系统的运作中不断搜集相关信息,以此来验证控制的结果;最后,这又是一个不断向前循环的系统,采用了循环论的特点,使这一系统更加科学,更加有效。

第三节　股份制商业银行PDCA 内部控制体系的基本架构

一、PDCA内部控制体系对股份制商业银行的适用性

经历了数十年的发展,世界上商业银行内部控制制度的建设取得了很大成就。但是,自进入20世纪90年代以来,金融危机频繁爆发:先是在1992年爆发了英镑危机,然后是1994年12月爆发的墨西哥金融危机,最为严重的是1997~1998年东南亚金融危机。种种经验教训告诉我们,商业银行内部控制制度建设仍存在许多不尽如人意的地方,比如:商业银行内部控制制度建设还不够全面、细化,不少制度规定还比较粗略、模糊;内部控制制度执行、落实的刚性较差,上传下达的折扣较大;银行内部各业务部门在具

体行使职能时,存在职责不够明确的现象,或者"齐抓共管"或者"互相推诿",未形成科学的协调与制约机制;人力资源管理制度不是很适应风险控制的需要;新兴业务(表外业务特别是风险较大的衍生金融业务)的开拓与相应的控制制度存在"时差性"脱节;计算机风险控制系统仍有待完善等。这些现象在我国股份制商业银行内部控制制度建设中表现得尤为明显。所以,我们仍需从不同途径探索科学的方法,不断充实和完善股份制商业银行内部控制制度建设的理论与实践。

从其他行业发展的状况来看,实施 ISO9002 标准是行业得到更高发展的基础。ISO9002 是国际标准化组织制定并颁布的用于规范质量管理的族标准。这套标准是国际标准化组织集中了大量管理专家和成功银行的经验,历时 10年的反复论证才制定出台的。ISO9002 标准对一个组织应该如何建立规范的内部控制体系进行了科学、系统的描述,标准一出台后就被许多行业争相采用,这些行业包括制造业、建筑业、旅游业、金融业、政府部门等。就金融业来讲,已有花旗银行、渣打银行等通过了 ISO9002 认证[90]。

针对我国股份制商业银行内部控制制度建设中存在的问题,结合 ISO9002 标准,如果把 ISO9002 标准里的质量管理方法(PDCA 循环)和内部控制制度建设结合起来,建立一个全新的股份制商业银行内部控制体系,将可以解决许多现存问题和容易被忽略的工作,股份制商业银行内部控制制度建设将会得到完善。

2001年初,在中国人民银行组织的关于我国股份制商业银行内部控制问卷调查中,有42.4%的被调查者认为我国股份制商业银行机关内部控制不完善的最主要表现是内部控制体系不健全。表现在制度方面:一是制度不够全面。内部控制没有渗透到银行的各个业务领域和各个操作环节;没有覆盖所有的部门和人员,没有做到无所不控,控而有力。二是制度衔接不够。一些制度互不协调甚至抵触;部门与部门之间的业务衔接往往成为内部控制的盲区和薄弱环节,制度在部门之间缺乏协调性和牵制力。三是制度严重滞后。开办新业务未能做到制度先行,尤其是内部监督制约方面的制度落后于具体的业务或行为,缺少制度建设的前瞻性,建章立制不够及时;已制定的制度没能随着形势与业务发展的需要及时修订和完善,用陈旧的内部控制制度管理业已发展变化了的业务,要么是妨碍业务发展,要么是留有风险隐患。表现在机制方面:一是监督方式有待创新。在维护制度的严肃性和权威性方面做得不够,大问题不出、小差错不断、过得去就行,存有侥幸心理,内部监督起不到应有的效果;二是监督部门人员偏紧、监督覆盖面不够广、频率不够高、力度不够大、事前的审计介入和事中的内部控制评价开展得不够,开展全面内部控制评价还是显得力不从心;三是后续监督乏力,内部控制考核奖惩措施不够完善,缺少针对内部控制的具体的责任追究制度,即使检查发现了违规、违章问题,一般也没有实质性的处理结果。已实行的考核一定程度上流于形式,考核结果与分配联系不密切,收入分配与责任轻重、工作量大小、工作质量高低等关联度不大,在某种程度上还是"大锅饭"和平均主义的管理体制,不能促使全体员工形成自觉执行内部控制制度的良好氛围[91]。

150

二、PDCA 内部控制体系的构成和特点

本着减少内部控制环节、简化内部控制成本、提高内部控制效率和效益的原则,从制度和机制两方面着手,采用先进的质量管理方法(PDCA 循环),建立一个符合我国股份制商业银行实际情况的内部控制体系,能很好地解决我国股份制商业银行内部控制建设中遇到的问题。出于以上考虑,建议建立一个以内部控制决策系统为中心,充分体现内部控制管理与监督的,从内部控制决策——内部控制执行——内部控制监督——内部控制决策的不断循环的螺旋式上升的控制体系。

这个内部控制体系由内部控制决策系统、内部控制执行系统、内部控制监督系统三部分构成。在这个体系中内部控制决策系统是核心，履行着内部控制的领导和管理职能，在PDCA循环中行使P(策划)和A(改进)功能，包括方针和目标的确定以及活动计划的制定、对总结检查的结果进行处理并予以标准化等，每一次内部控制循环都是从它开始，依次传递到执行系统和监督系统；内部控制执行系统是重点，在PDCA循环中行使D(执行)功能，即进行具体运作和实现计划中的内容，内部控制决策系统和内部控制监督系统都是为了促进和保障执行系统的不断健全与完善；内部控制监督系统是保证，在PDCA循环中行使C(监视、测量)功能，通过对执行系统开展内部控制评价和奖励，保证各项控制措施落到实处，实现内部控制的持续改进。

三、PDCA内部控制体系的特点

PDCA内部控制体系具有以下四个特点：

1. 它是一个分级负责的全过程控制体系

内部控制的体系构造，作为一项涉及多种因素的系统工程，最终取决于决策层的认识和重视程度。在这个内部控制体系中，每一次的内部控制循环都是从决策层开始的，依次相互传递，各个系统各司其职，各负其责，不断发现内部控制中存在的问题和薄弱环节,是一个自我约束、相互制约、监督检查机制不断加以改进和完善的过程。这充分体现出 PDCA 循环的特点,其管理过程不是运行一次就完结,而是周而复始地进行。一个循环结束了,解决了一部分问题,可能还有问题没有解决,或者又出现了新的问题,再进行下一个 PDCA 循环[92]。另一方面,该体系类似行星轮系,股份制商业银行的整体运行体系与其内部各子体系的关系,是大环带动小环的有机逻辑组合体。如果把整个银行的工作作为一个大的 PDCA 循环,那么各个部门、小组还有各自小的 PDCA 循环,就像一个行星轮系一样,大环带动小环,一级带一级,有机地构成一个运转的体系。

2. 它是一种循环上升持续改进的控制体系

从决策层提出内部控制的整体框架和指导原则开始,到执行系统制定和执行各项内部控制措施,到监督系统检查评价执行系统内部控制的健全性和符合性,再将评价结果和改进内部控制建议以及处理意见反馈给内部控制决策层进行再一次的内部控制循环,每一次的循环都是对原有内部控制的改进和完善,即每循环一次,就解决一部分问题,取得一部分成果,工作就前进一步,水平就提高一步,到了下一次循环,又有了新的目标和内容,更上一层楼。这充分体现了 PDCA 循环的现代管理理论。

3. 它引入了内部控制激励和制约机制,保证了内部控制的针对性和有效性

在这个内部控制体系中,很关键的一条是有专门的部门和人员来实施内部控制的监督与评价,提出内部控制评价结论、改进建议、激励意见,从而建议决策系统,督促执行系统不断改进内部控制,增强规范内部控制制度与有效执行制度的自觉性,使全体员工都充分认识到内部控制的基础性地位并积极地参与内部控制的全过程当中[93]。

4. 体系奉行减少内部控制环节、简化内部控制成本、提高内部控制效率和效益的原则,方便股份制商业银行,尤其是发展还不是很完善的我国股份制商业银行投入到实际应用中。众所周知,我国股份制商业银行内部控制不完善的最主要表现是内部控制体系不健全,具体表现在制度不够全面、衔接不够与严重滞后,监督方式落后、后续监督乏力、内部控制考核奖惩措施不够完善,内部控制环节过于拖沓、成本高、效率低下等方面。PDCA 内部控制体系很好地解决了上述问题,可以说 PDCA 内部控制体系是一个符合我国国情的内部控制体系。

153

第四节　PDCA 内部控制体系与
"巴塞尔体系"的协调关系

　　PDCA 内部控制体系充分体现了巴塞尔银行监管委员会评价股份制商业银行内部控制标准的五个相关因素,这五个要素分别是:控制环境、风险评估、控制活动、信息与交流和监督管理。从近年来国际银行业由于内部控制失灵而导致重大损失的经验教训看,内部控制失灵主要表现为在内部控制的五个相关的因素方面存在不同程度的缺陷。为此,内部控制体系设计必须充分考虑并融入这五个要素。

一、控制环境

　　控制环境决定了一个股份制商业银行的管理基调,影响着职工的控制意识。控制环境是其他控制因素的基础,为内部控制界定纪律和结构。控制环境包括:职业道德和诚信敬业的企业文化氛围;最高决策层在银行内部控制方面发挥的作用;管理层的经营理念与经营风格;银行组织结构的合理性;权力及工作的分配;人力资源及实践等。

　　1. PDCA 内部控制体系营造职业道德和诚信敬业的企业文化氛围

　　股份制商业银行的企业文化中员工的诚信程度和职业道德的高低,是影响银行内部控制环境的一个非常重要的因素,是执行系统能否顺畅运转的关键。这种企业文化的建立与员工行为规范的建立和明确,尤其与高级管理层对内部控制的态度有很大关系[94]。比如管理层对干预和超越内部控制的态度,对违背内部控制程序的处理意见,如何看待加强内部控制与实现短期经营目标之间的关系,奖励与惩罚是否仅仅建立在实现短期目标的基础上而忽视了对内部控制程序的执行与检查等。如果高层管理者确信内部控制是重要的,那么银行中的其他人员就会随之认识到这一点并自觉遵守它。反之,如果银行员工认为高层管理者不重视内部控制,那么他们自然就不会自觉遵守它。为此,内部控制委员会需要制定出相关的职业道德教育条例,不定地时地对员工进行思想教育,银行里的宣传部门密切配合决策部门在银行内部营造出诚信敬业的企业文化氛围,决策系统还需要将监督部门反馈回来的情况加以分析,将好的一面制度化,并修改反映不好的部分条例。

　　2. PDCA内部控制体系要求内部控制委员会和稽核委员会在内部控制中发挥作用

　　为了避免最高管理层凌驾于内部控制之上,保证内部控制的有效性,监督系统的内部控制评价工作独立于管理层之外是非常必要的。因此,是否具有一个活跃和有效的内部控制委员会(银行董事会)或类似机构对最高管理层行使监督管理的职能,是保证内部控制程序完整有效的非常重要的一环。

3. PDCA 内部控制体系强调了股份制商业银行管理层的经营理念与经营风格对内部控制的影响

这是针对决策系统的内部控制委员会执行 P(策划)和 A(改进)功能而言的。管理层,尤其是负责决策系统的管理层的经营风格对银行经营会产生广泛的影响。有些影响虽然是无形的,但是人们还是能看到积极或消极的迹象。比如:管理层对承受经营风险的态度,是经常涉足高风险领域,还是在承受经营风险方面过于保守;主要职位上的人员(如经营、会计、数据整理、内部稽核等岗位)变动是否过于频繁;管理层对数据处理和会计部门的态度,对财务报表和资产保全的可靠性的关注程度;高级管理层与下级管理层联系的频率,尤其当银行拥有大量在不同地区广泛分布的分支机构时,不同管理层之间的联系频率等。

4. PDCA 内部控制体系要求股份制商业银行不断优化其组织结构

股份制商业银行的组织结构涉及到管理层次、部门设置和职权的划分,界定了银行各层次、各部门的职责和任务。合理的组织结构对内部控制的效果影响至关重要。银行的组织结构如果过于复杂，则会阻碍必要的信息交流，并且导致过高的成本开支。通过设立合理的组织结构，管理层必须明确每一项工作岗位所需的知识和技能，并且使每一个层次、每一个部门的管理人员都充分理解其内部控制的责任，具备与其职位相称的经验及技能。组织结构的设计还应体现出恰当的报告关系。针对已经发生的内外部环境，组织结构要能够及时做出调整以适应这种变化，使决策系统、执行系统和监督系统三者间的运作更流畅，使每一个 PDCA 循环能更低成本、更高效地运转[95]。

5. PDCA 内部控制体系要求合理分配权力及工作

职责的委任、授权和相关政策的建立为责任制与控制提供了基础，并决定了个人在控制活动中的不同作用。权力及工作的分配包括：每一个工作岗位的职权是否明确，职权与责任是否相称，与控制有关的标准及程序是否恰当，信息处理和会计人员与银行的规模、结构是否相称等。要通过合理的授权体系，使每一个岗位的工作人员都明确自己在内部控制程序中所赋予的权力以及所承担的责任。

6. PDCA 内部控制体系突出了人力资源政策

内部控制中最重要的因素是人，如果员工具有足够的胜任能力和诚信度，将大大有助于内部控制目标的实现。

因此,对员工的聘用、评价、培训、奖励、提拔和处罚等人力资源政策是内部控制体系的重要组成部分。

二、风险评估

内部控制体系说到底是为了降低以至避免股份制商业银行经营活动中面临的各种风险(信用风险、市场风险、清算风险和运作风险等),为此,监督系统需要结合风险评估机制定时进行内部控制评价,对每个 PDCA 循环的内部控制活动进行检查,并将其结果反馈至决策系统和执行系统,为下一轮 PDCA 循环提供有效的参考信息。

股份制商业银行的经营管理活动要获得有效控制,必须明确其目标。这种目标既包括总体目标(银行为达到长期目标而制定的策略和计划),又包括与每一次经营活动有关的具体的经营目标。银行在实现其经营目标过程中,由于要受到来自外部或内部的各种不确定性因素的影响,使得银行的经营活动面临各种风险。从内部控制的角度而言,风险评估的实质是充分考虑对银行的运作目标、信息目标和合规性目标的实现可能造成不利影响的内、外部因素,分析这些因素的变化对银行实现经营目标所产生的影响[96]。

影响股份制商业银行实现经营目标的外部因素及其变

化主要有：存款方的变化、贷款方的变化、技术变化、竞争对手的行动、政治和经济形势的变化、法律法规的变化和自然事件的影响等。

影响股份制商业银行实现经营目标的内部因素及其变化主要有：人力资源及其变化、资金实力、人事激励机制的作用及其对银行竞争能力的影响和信息系统的完备性等。

通过风险评估机制，在充分分析影响股份制商业银行实现其经营目标的内、外部因素及变化的基础上，银行要及时采取措施，通过各种创新活动——涉及银行经营管理活动的各个主要方面——迅速适应这些变化，确保银行经营目标的实现。

风险评估还应当充分考察任何新的或以前未予以控制的风险。例如在进行金融创新时，股份制商业银行需要对新的金融工具和市场交易作出评估，并充分考察与这些活动有关的风险。只有在考察各种因素如何影响现金流动以及金融工具和交易的收益后，才能真正认识到这些风险。同时也只有确认了股份制商业银行经营活动中的"关键风险点"，针对关键风险点才能明确"行动和控制活动"的要点。

三、控制活动

PDCA内部控制体系采取一系列政策及相关实施程序

159

以控制上一循环通过上述风险评估程序确认的风险,并确保管理层的决策得以实施。内部控制活动包括:最高管理层的审查,对各个部门的活动进行适当控制,实物控制,对允许承受的风险限度情况进行定期检查,审批和授权系统,核对和对账系统。

1. 最高管理层的审查

股份制商业银行董事会和最高管理层要定期召开会议听取述职报告和业绩报告,对银行实现经营目标的情况进行审查[97]。比如对最新的财务状况与预算报告的可靠性进行审查,以防止财务报告中的错误或舞弊行为。

2. 部门管理层的审查

股份制商业银行的部门管理层负责接收和审查每日、每周或每月的业务报告。职能审查比最高管理层的审查更频繁,也更详细。比如,信贷部门的经理可能要审查与信贷业务有关的周报,而更高层次的信贷管理人员则可能要审查与这方面内容有关的月报。月报更具汇总性,涉及所有贷款领域。同最高管理层的审查一样,职能部门管理层可以通过更加频繁的审查,及时发现问题并采取相应措施。

3. 实物控制

实物控制一般表现为对重要的实物资产的控制上,实物资产包括有价证券、重要空白凭证或其他金融资产等。

控制活动包括实物控制、双重监管和定期盘存等。

4. 风险额度定期审查

为银行业务允许承受的风险限度情况进行定期检查，是风险管理的一个重要方面。

5. 审批与授权

对每一项交易的额度进行审批与授权，可确保有关的管理层及时掌握银行的交易状况，有助于建立起责任制。授权的大小与被授权者的专业技能和岗位要求应相称。

6. 核实与对账

对交易的细节活动以及银行采用的风险管理模式的成效进行核实是十分重要的控制活动。定期对账，如将现金流动与账目记录和报表相对照，可能会及时发现需要纠正的记录与活动。因此，应定期将此类核实结果向有关管理层报告。只有当银行的管理层和全体员工将控制活动视为银行日常运作中必不可少的组成部分时，控制活动才是最有效的。银行的高级管理层必须建立适当的控制结构，确保控制活动成为所有相关人员日常职责不可缺少的一部分[98]。银行的管理层应明确：必须为每一次经营活动制定相应的政策及实施程序；现有的控制活动必须得到充分实施，包括操作手册中业已明确的控制活动按要求得以实施，对于例外情况要及时采取补救措施，主管人员要定期评估

161

控制活动的效果等。

四、信息与交流

内部控制体系的三个系统经常需要进行横向的内部控制信息交流,以便不断发现内部控制中存在的问题和薄弱环节,从而不断加以改进和完善。另一方面,每一个 PDCA 循环也要进行纵向的内部控制信息交流,下次循环通过吸取上次循环的经验教训而作出相应的修改。可以说,充足的信息和有效地交流对内部控制体系的有效运作是必不可少的。从银行整体角度而言,要充分利用信息,信息就必须适用、可靠、及时、方便易得并具有连续性。信息包括内部财务信息、运作信息和合规性信息,以及有关影响决策的外部信息。

信息系统的主要职能是:获取内部及外部信息,向管理层提供有关企业目标实现情况的报告;向各级管理者及时提供具体的信息,使其能有效地履行各自的职责,包括向不同层次的管理者根据需要提供不同详尽的信息,帮助他们及时采取相应措施;信息要经过适当分析归纳,以保证信息的相关性,同时也包括必要的细节,而不仅仅是"信息的海洋";信息的提供要及时、准确,从而使外部和内部活动都能得到有效监督,并能够对内、外部环境的变化做出快速反应。

信息系统的开发和调整要以战略性计划为基础,服务于股份制商业银行的总体目标和整体策略。股份制商业银行高级管理层对必要的信息系统开发的关注和支持程度是影响信息系统发挥作用的重要因素。

信息如果失去有效的交流,就毫无价值。股份制商业银行高级管理层必须建立起有效的信息交流渠道,以确保有关人员掌握必要的信息,包括有关银行运作政策、程序和银行机构实际运作状况的信息。信息交流既包括机构内部纵向的交流,也包括部门之间横向的交流。信息交流所要达到的主要目的是:

(1)使每一个员工的责任及控制职责得到有效的交流。包括:建立通畅的信息交流渠道;使每一位员工清楚自己工作的目的,以及他们的工作是如何促进银行经营目标的实现;使每一位员工清楚自己的工作是如何影响他人,并被他人所影响。

(2)建立交流渠道,使员工具有报告问题的途径。

(3)建立银行内部部门间横向的、有效的信息交流渠道。

(4)与银行外部建立起能够反映客户需求变化的信息交流渠道。

(5)使银行高级管理层得到来自内部和外部的信息反馈意见后,能够及时采取有效的相应措施。

股份制商业银行不仅要建立起局部的信息交流渠道,还要建立和维持一个涵盖银行全部活动的管理信息系统,这是提高银行内部控制效率的一个关键要素。信息一般是通过电子或非电子的手段提供的。银行必须特别注意建立和完善与电子信息处理有关的机构及内部控制制度。

五、监督管理和激励机制

股份制商业银行高级管理层仅仅为各类活动和银行各部门制定正式的政策与程序是不够的,他们还必须确保银行各方面都能遵循这些政策和程序,确保银行能够对内部控制系统各个要素的运行情况进行有效的监控,并且对现有政策及程序是否健全作出判断。对银行内部控制系统的监管包括连续的监督活动和专项评估[99]。连续的监督活动是银行日常经营过程的一部分,包括日常管理和监督活动,以及职员在履行职责过程中从事的其他活动,在这一过程中,每一位相关人员都承担着各自的控制职责。专项评估则针对内部控制系统的某个部分进行专项检查,并对整个内部控制系统的有效性作出评价,这一监督管理只能通常由内部稽核部门来履行。

对股份制商业银行内部控制制度的有效性进行连续性监管应成为银行日常运作必不可少的一部分。连续性监管的优点在于可迅速发现和改正内部控制制度的缺陷。只有当内部控制制度被融入银行运作环境之中并建立起定期审查报告制度时，监管活动才是最有效的[100][101][102]。对银行内部控制体系运作效率审查的频率必须与银行业务活动的性质、复杂性和所承受的风险保持一致。在任何情况下，都应该确保内部稽核机制独立于银行的日常运作之外，并能了解银行机构的所有活动情况。内部稽核机构直接向银行机构的最高决策层报告，银行的最高决策层一般指银行董事会或银行董事会下设的稽核委员会以及高级管理层。稽核部门通过向董事会提供未经任何修改的有关基层经营活动的准确信息，促进银行活动的有效运作。一经发现内部控制的缺陷或控制程序、政策缺乏效率，通过及时向最高决策层报告，促使最高决策层迅速采取有效措施对内部控制系统的缺陷进行修正。

第六章　我国股份制商业银行内部
控制系统建设总体设想

在设计我国股份制商业银行内部控制系统时,需要关注成本效益,以预防控制为主,注重体制牵制,注重程序控制,注重责任牵制。股份制商业银行内部控制系统在总体设计时,还需要适应公司治理结构的要求和内部各部门的特点,必须能够发现和化解股份制商业银行经营与管理所遭遇的风险。股份制商业银行制定的各项内部控制要与其内部管理和自身发展相适应。因此,内部控制系统的设计需要从系统的观点出发。

第一节　影响我国股份制商业银行内部
控制系统建设的因素分析

当前,内部控制失效是股份制商业银行案件频发的主
要原因,而股份制商业银行内部控制失效也有其形成的根
源,分析内部控制失效的深层次原因对于完善股份制商业
银行内部控制具有重要的意义。

一、内部控制管理体制对股份制商业银行内部控制的影响

内部控制建设要求的超前性和紧迫性暴露出我国股份
制商业银行法人治理结构的不完善与内部控制机制的局限
性。西方股份制商业银行内部控制机制是在完善的法人治
理结构基础上建立起来的,从组织结构上保证了内部控制
的效果,而我国股份制商业银行法人治理结构还不完善。
因此内部控制机制具有先天的局限性,内部控制中的问题
仍大量存在。现代企业所有权与经营权的分离,客观上需
要一个规范的法人治理结构,加强内部控制,以保障所有
者、经营者、债权人等的合法权益。虽然近几年我国实行了
统一法人、授权经营的管理模式,但由于历史的原因,股份
制商业银行中相互制衡的法人治理结构尚未真正建立,内

167

部控制制度制定者也是被控制者,运行的有效性受到影响[63][64][65]。由于信息拥有的不对称性,经营者若垄断信息则可以控制企业运行。内部控制强调任何一个人都不能凌驾于内部控制之上,包括领导决策层。但在实际工作中,有些管理者将内部控制单纯视为对员工工作的一般要求,对员工的岗位职责非常具体,而对管理者则是软约束,管理者个人素质直接影响了单位的发展,管理者的违规操作对内部控制文化建设会造成较大的负面影响。

在内部控制主体作用的发挥方面,随着新业务、新系统的深入推广,部分领域内部控制有所削弱,第一、二、三道防线没能整体协调推进。第一道防线:机器控制能力强与人的控制意识弱并存。在银行业务系统电子化步伐不断加快的今天,一线员工自控防线已由过去的双人、双职、双责、相互制约的内部控制机制演变成图像监控和授权控制模式,程序控制功能不断丰富完善。综合柜员制为员工带来前所未有的业务和技能压力,要求柜员不仅要熟悉会计、出纳、个人金融、银行卡、中间业务等方面的业务核算制度,而且要熟悉相关业务的操作规程,要求相关人员必须由原来的单项业务能手向综合业务能手转化。与此相对应的是,实际工作中熟悉单项业务的人多,具有综合业务素质的人少;熟悉传统业务的人多,了解新业务的人少;熟悉国内结算的人多,掌握国际结算的人少。第二道防线:业务拓展力度加大,但内部控制功能有弱化趋势。近年来,各业务部门在快速发展的同时,有些机构不能正确处理经营与管理的辩证关系,实际工作中一定程度上存在"两张皮"现象,管理人员履行职责不到位是形成违规操作问题的主要原因之一。事后监督作用不明显,功能定位存在偏差。第三道防线:在加大工作力度的同时,与新形势要求仍有较大差距。虽然近两年来各银行稽核查处力度加大,成效显著,但稽核手段落后也直接影响了监控效果。随着综合业务系统投产和信贷管理系统升级再造完成,重要经营数据均集中到数据中心。数据的自动化处理和原始数据归档方式的改变,对稽核取数方式带来较大影响,记录载体的无纸化使传统现场翻传票稽核方法受到极大限制;再加上业务系统没有给稽核留下接口,致使内部控制检查实时性差,稽核的内容也主要是数据结果的真实性,对数据在系统中的流动过程缺乏监督,因而这种"利用计算机审计"缺乏稽核的实时性和完整性。

二、授权控制对股份制商业银行内部控制的影响

在授权控制方面,由过去对基层行收权集中经营到部分业务"放权严控"转变的同时,管辖行放权不能做到严控,基层行用权不够负责,有的行管理上又进入了"一管就死,

一放就乱"的怪圈。近年来,为进一步增强基层行的市场竞争能力,抢抓发展机遇,上级行根据区域经济特点,采取人格化授权方式,适当下放了一些经营权限,如个人消费贷款、小型企业贷款审批权等,同时实行"放权严控"。然而,在实际工作中,一方面,随着银行客户从传统的国有、集体企业为主到小型企业、个人客户的大量增加,中小企业财务制度不健全,个人客户信用体系尚未建立,信息不对称对客户信用风险控制提出了新的要求,而部分基层行没能及时跟进,存在不适应性;另一方面,少数基层行片面攀指标、求发展、要业绩,急功近利,出现把关不严现象,对企业和个人客户基本信息了解不深入,风险和责任意识不强,没有真正贴近市场、贴近客户,贷后管理也不到位。甚至少数基层行将个人贷款、小型企业贷款作为"放权严控"的"防空洞",规避上级行贷款审查和授权授信管理,积聚了较大的风险。

在系统建设方面,前台程序快速升级与内部控制软件开发相对滞后并存,内部控制功能尚不完善。科技进步为银行提供了更高水平的业务和管理平台,网上银行、电话银行、自助银行得到较快发展,但系统内部控制功能上还存在不足之处:一是网上银行系统未纳入监督,也缺少流程跟踪监控,一旦发生银企纠纷难以查找原因、明确责任,给银行资金安全留下隐患;而且当前高智能犯罪分子作案具有手

170

段隐蔽、时间短、金额大、影响坏等特点,一旦出现问题,将给银行造成巨大损失。二是综合业务系统控制存在不足,如通存通兑、异地汇款出现跳账、单边账现象;银行卡发卡不需授权,柜员可直接签发,内部操作风险大;内部使用的重要空白凭证未实现机器联动销号,手工操作增加了工作量,也存在潜在风险。三是批量代理业务风险控制存在薄弱之处。四是网络安全控制有待加强。在信息化高速发展的今天,互联网成为一个理想的信息资源库。但由于硬件设备的限制,各行很难做到上互联网的机器与内网物理隔离的要求,银行经营安全受到直接影响。

三、客户服务对股份制商业银行内部控制的影响

在客户服务方面,逐步从过去以专业部门为主的专业化服务向以客户经理为主的综合化服务转变,在更大程度满足客户需求的同时,日益暴露出内部控制的漏洞。一是缺乏有效制约。现代内部控制特别强调过程控制和相互制约,客户经理的灵活性、流动性和独立性与内部控制要求矛盾。二是职责不清[66][67]。现有客户经理的身份具有双重性:一方面客户经理作为银行业务代表,向客户推销金融产品,提供金融服务;另一方面又部分代理客户财务人员与银行往来的具体操作有关工作,身份的双重性蕴含着一定的

道德风险和操作风险。三是考核激励机制不完善。客户经理重指标任务完成、轻内部控制管理要求,其短期行为与银行长远利益产生冲突。另外,在过分强调客户经理与客户关系的同时,没能向企业有效宣传客户经理工作职责及企业自身应承担的责任,使企业过分信任客户经理。

第二节　内部控制体系的要素研究

一、控制环境

172

任何银行的内部控制首先都存在于一定的控制环境之中。所谓控制环境是指影响特定的内部控制政策和程序的效率的各种因素,这种影响可能是加强也可能是减弱。控制环境构成一个银行的氛围,其好坏直接决定着银行内部控制整体框架实施的效果和效率。环境要素是推动银行发展的引擎,也是其他一切要素的核心,是内部控制其他要素作用的基础。良好的内部控制需要依靠银行管理者长期不懈的努力来建立和维持,包括一系列健全有效的内部控制制度和一套公正合理的激励机制[68][69][70]。具体而言,控制环境本身又涉及多种因素。

1. 管理者的经营风格和经营理念

内部控制环境最基本、最主要的因素就是管理者及受其影响和督导的所有执行者对内部控制的态度,而这种态度又往往取决于管理者的经营风格和经营理念,包括管理者对待委托经济责任的态度、对待风险的态度、对外部环境因素变化的反映、对银行进行管理的方式、对管理控制的重视程度等。对于一个银行来说,如果管理者在经营风格上注重稳健、务实、严密,在经营理念上,注重以科学制度为本,重视并认真组织和领导银行内部控制制度的设计,而且以身作则,严格遵守内部控制制度,那么银行的全体员工也会在其影响和督导之下,各司其职,各负其责,积极参与设计并能切实实施既定的内部控制制度,从而使银行的内部控制制度能够发挥预期的效果。通常,董事会作为银行的最高受托经济责任承担者,对银行内部控制具有重要影响并具有承担责任的义务。如果在董事会里成立一个有效的审计委员会,将更有利于银行保持良好的内部控制。

2. 人员的品行和素质

银行中的每一个员工既是内部控制的主体,又是内部控制的客体,既要对其所负责的作业实施控制,又要受到银行内部其他员工的控制或监督。归根结底,所有的内部控制都是针对“人”这一特殊要素而设立并实施的,再好的制度也必须由人去执行。可以说,人员的品行和素质是银行内部控制效果的一个决定性因素。人员的品行和素质包括价值观、道德水准和业务能力(包括知识、技能及工作经验)等。人既是构成环境的重要因素,又与环境相互影响、相互作用。各级管理者及广大员工是否认识到内部控制的重要性、自己工作岗位的重要性,是否具备胜任本职工作和控制要求的业务能力,有无较强的工作责任心和诚实的态度,不仅决定内部控制环境的优劣,也决定整个内部控制制度能否合理设计、执行和监督。

3. 组织结构和权责分派体系

每个银行内部都要分设若干个管理结构和管理层次,表明银行内部各部分的排列顺序、空间位置、聚散状态、联系方式以及各要素之间的相互关系,以便管理工作能够有效、高效地进行。它们是控制任务在总体上的组织安排及部门中的具体落实,是银行计划、协调和控制经营管理活动的整体框架,也是实现内部控制目标的基础。科学合理的组织结构,能够起到相互检查与制约、防止和纠正各种错弊的作用。但是组织结构只为银行内部控制制度的执行提供了一个合理的框架,内部控制制度的实施成效关键还要取决于职权与职责的确定情况。权责分派是在组织结构设置的基础上,设立授权的方式,明确各部门和各岗位及其人员的权利与所承担的责任。一个银行内部合理的组织结构和权责分派应当达到:(1)每项经济业务都由两个或两个以上的部门承担,经过两个或两个以上的岗位处理;(2)不相容职务进行分离;(3)权利和责任与控制任务相适应,并落实到具体部门及个人。

4. 人力资源政策及实务

在现代经济条件下,人是最重要的资源。任何股份制商业银行在内部控制的设计和实施中,如果仅仅着眼于对物和人的控制而忽视对人力资源的开发,就不可能收到良好的效果。一个银行的人力资源政策一般包括人员配备与选择、培训计划、职务考核、分析和评价等,它直接影响着银行内部每个员工的行为和工作业绩。良好的人力资源政策对培养银行员工的忠诚度和凝聚力,提高银行员工的素质,更好地贯彻和执行银行内部控制大有裨益。

5. 管理控制方法

管理控制方法是指股份制商业银行为控制整个生产经营活动,按照内部各个岗位的职责范围而建立的相应的管理方法。严格的管理控制方法能够有效地防止可能发生的错弊,或是发现并纠正已经发生的错弊,其主要内容包括以下几个方面:(1)关于经营计划管理、预算管理、利润计划及责任会计等规划报告系统;(2)比较实际业绩与计划目标,并将比较结果及时传递给相应管理层的程序;(3)有助于调查偏差原因并予以纠正的程序或措施;(4)有关制定和完善会计系统的政策或控制措施。

6. 外部影响

随着社会生产力的发展和自然科学技术的进步,分工与协作越来越重要,银行间的竞争也日趋激烈,任何一个银行都已经不可能脱离外部因素而单独生存和发展。因而,外部环境也影响着银行内部控制的制定和实施。这些外部因素包括宏观经济的波动、技术的进步、法律法规的颁布和修订、政府产业政策的调整、政府相关部门的监管,以及社会政治、文化方面的变动等。

二、风险评估

任何股份制商业银行都时刻面临着来自银行内外部的各种风险的威胁。风险是指事件本身的不确定性,它具有客观性。在当前竞争日趋激烈的市场经济条件下,银行所面临的环境大多是复杂多变和不确定的。在计划实施的过程中,银行内、外部的相关因素都有可能发生变化,甚至是与预计截然相反的变化,因此,风险处处存在,并给银行目标的实现带来威胁。银行必须对其所面临的各种可能风险有一个清醒的认识,分清哪些是主要风险,哪些是次要风险,哪些风险是可以通过适当的行为来避免或分散的,哪些是银行自身不可控制的,并据此确定股份制商业银行内部控制的重点和对策。

一般而言,股份制商业银行在设计和实施内部控制时,既要关注来自银行外部的风险,又要注意产生于银行内部的风险。外部风险主要包括政治、经济、社会、文化与自然等方面的突然变化,如战争、经济衰退、通货膨胀等会影响银行的融资、资本支出与扩张;国家有关部门颁布新的法律、法规以及科学技术的迅猛发展等促使银行改变经营战略或策略;消费者需求或偏好的变化影响银行原有产品的销售和新产品的开发等。内部风险主要来自于决策失误、执行不力等。此外,应当注意风险的存在与一定的客观环境和时空条件有关系,当这些条件发生变化时,风险的大小与性质也将发生变化。风险评估一般须经过辨别、分析、管理和控制等过程。确定和分析风险的过程是一个持续的过程,也是有效内部控制的一个关键性因素。管理者必须重视银行内外部的各种风险,开展风险管理,并采取相应的控制措施。

三、控制活动

控制活动是指管理者为了确保管理指令能够得以有效执行而制定并实行的各种政策和程序,旨在帮助银行保证

177

对影响银行目标实现的风险采取必要的防范或减少损失的措施。控制活动贯穿于整个银行内部的各个阶层和所有的职能部门,包括交易授权、不相容岗位、业务流程与操作规范、业务记录、规章制度、独立检查和控制标准等多项内容。

1. 交易授权

交易授权是指在处理各项经济业务时,必须经过授权批准以进行控制。有效的内部控制要求每项经济业务活动都必须经过适当的授权批准,以防止内部员工随意处理、盗窃财产物资或歪曲记录。在现代公司制银行中,授权一般由股东会授予董事会,然后再将部分权力授予银行的行长和有关管理人员。授权的形式通常有一般授权和特殊授权。一般授权是指银行内部各级管理人员在其职权范围内,根据既定的预算、计划、制度等标准,对常规性的经济业务活动或行为进行的授权。它主要是由管理者制定整个银行应当遵循的政策,内部员工在日常业务处理中,可以按照规定的权限范围和有关职责自行办理或执行各项业务。特别授权一般涉及特定经济业务处理的具体条件及有关具体人员,主要由管理者通过对某些特殊经济业务采取逐个审批来进行授权控制。

授权的本质是什么?这是颇具挑战性的问题。一些管理学家指出,在 20 世纪的最后 10 年,授权是管理领域最常用的名词之一。在这方面,有必要端正对授权意义的认识。首先,授权是现代组织必然产生的现象,不管你愿不愿意,权力不再集中于某一个人或某一级管理层次,必须把权力分别授予各部门和个人,这已是现代组织正常运行的一个基本前提。因此,不是愿不愿意授权,而是必须授权,更必须明确授权后所追求的体系,不同理念的人,由于不同的思维方式而使授权产生很大的甚至根本不同的格局。

2. 职责划分

对于内部控制而言,授权的关键还在于:正确认识不相容岗位,尽量避免由于权利分配不当而导致权力行使过程产生弊端。

内部控制意义上的"不相容",大体上包括四层含义:(1)任何业务尤其是货币资金收支业务,绝对不能由某一个岗位经办全过程;(2)经济业务的责任转移环节绝对不能由某一个岗位单独办理;(3)某一个岗位履行职责情况绝对不能由其自己说了算;(4)任何权力的行使必须接受定期独立审查。由此,不相容岗位在事务中主要有三种形式:

①不能由一个人完成两项作业。例如,会计中的出纳与记账,不能由一个人承担。否则,会计对货币资金收支的控制就失去了保障,容易导致货币资金入账不及时,挪用公款,甚至个人贪污公款等问题。

②不能由某一个岗位同时履行两项职责,不能由一个岗位兼及这两项业务。

③不能由某一个部门同时承担两个岗位,否则容易产生截留货币与客户串通作弊等问题。

一般而言,判断一个岗位是什么性质的不相容可按如下原则作为标准:若证明了一个人不能同时负责两项相关作业,则属于必须由两人以上分别行使的不相容,即作业不相容;若是在部门管理内部,则属于必须由两个岗位分别行使职责的不相容,即职责不相容岗位;若是涉及职能部门职责的岗位,则属于必须由两个以上部门互相制衡行使的岗位,即部门相容岗位。

3. 业务流程和操作规范

业务流程是指银行为了确保经济业务活动的顺利进行,在明确各个岗位职责的基础上规定并实施的业务处理手续和程序。这样经过几个部门或人员,有助于相互监督和制约,能够有效地防范和及时发现错弊。操作规程是指详细规定每个事项该怎么做,员工所要做的只是按照操作规程的规定行事。一般来说,操作规程在责任中心管理者的主持下,由本责任中心管理人员或专业技术人员来具体制定。科学的操作规程可以使员工的操作最优,从而为本责任中心的效益性目标提供有力的保证。

4. 业务记录

业务记录是指银行为了反映和控制各项经济业务而以文字形式对业务活动的发生、进展和结果等全过程所进行的记载。业务记录的功能是传递有关信息。健全、正确的业务记录既是组织控制、授权批准控制等其他控制有效性的保证，又是银行提高经营效率与信息质量的重要手段。

5. 规章制度

规章制度主要规定银行员工在共同的业务活动中应当执行的工作内容、遵守的工作程序和使用的工作方法，是全体员工应当遵循的行为准则。它对银行员工和银行组织行为往往具有规范性和约束性的影响，既是银行开展各项业务活动的依据和标准，又是实施内部控制的基础。银行规章制度一旦建立，就应该严格执行，防止有章不循，流于形式，而且应当保持相对的稳定性，不能过于频繁地变动，使职工难以执行。但随着时间和环境的变化，银行也应对制度中不适应新情况或不完善的地方加以修正或补充。

6. 独立检查

独立检查即由一个人或一个部门检查与审核另一个人或另一个部门所执行的工作，并验证所记录金额的准确性，包括复核有关原始单据，如发票、工资计算单、银行对账单等；比较现有资产与相关会计分录，进行盘点核对；管理者汇总账户余额并进行分析性复核;与往来款客户定期核对款项支付收取情况,等等。银行内部若没有这样一种经常性的复核检查机制,内部控制制度就有可能随着时间及内外部环境的变化而变得不再适用或由于某些人员的舞弊而出现漏洞。

7. 控制标准

控制标准是指银行管理者为了检查经营管理活动,并确保检查有据可依而制定的各项标准和尺度,是银行内部控制的一个重要构成要素。标准为管理人员正确决策并采取有效措施以实现银行内部控制目标提供参考依据与行为标准。没有标准,管理者就不能持续、合理地考核和评价员工的工作业绩,也就不可能进行有效控制。

四、信息与沟通

内部控制工作中的一个重要步骤就是要将计划执行情况及时反馈给管理者,以便管理者对已达到的目标水平与预期目标进行比较分析。这种信息反馈的及时性、准确性、完整性如何,直接影响到内部控制指令的正确性和纠偏措施的有用性。因此,银行必须设计和维护畅通的信息沟通渠道。

信息沟通是股份制商业银行内部控制的一项要素,也是股份制商业银行内部控制过程的一个组成部分。科学合

理的组织结构应当有助于管理者通过正式的信息沟通渠道
来进行评价和控制。组织结构的关系也就是信息沟通渠
道,在一个组织中,如果上下级之间沟通的效率较高、效果
较好,就容易使下级领会上级指示的意图,减轻上级管理的
工作量,上级也可以及时了解下级执行经济业务的进展情
况,从而有效地发挥内部控制的作用。银行必须按照某种
适当的形式并在某个及时的时点之内,辨别、获取有效的信
息,并加以沟通,使银行内部每一个员工能够顺利履行其职
责。一个良好的信息沟通系统应能保证信息在银行内部自
上而下、自下而上、横向以及与外界进行有效地传递,从而
有助于提高内部控制的效率和效果。通过沟通渠道,各级
管理者可以知道在自己负责的管理范围之内的工作进展情
况、人员的行为和态度,以及与组织目标相脱离的大部分偏
差,从而确保对自己责任范围的控制;每位员工也能清楚自
己在内部控制制度中所扮演的角色、所承担的责任及其地
位和作用,并能将实施中存在的问题及时反馈给管理层,以
便管理者及时掌握内部控制中的潜在薄弱环节,以采取相
应的预防和改进措施。

五、监控

监控是指评价特定期间内部控制业绩质量的活动,它

183

是对股份制商业银行内部控制整体框架及其运行情况的跟踪、监测和调节,以自始至终确保其有效性。监控是一种随着时间的推移和内、外部因素的变动而不断地对银行的内部控制框架进行评价的过程,它是银行内部控制框架的特殊构成要素,相对独立于各项具体的业务活动之外。监控能够在不影响或尽可能小地影响银行正常经营管理活动的情况下,通过对内部控制的实施情况进行评价,对银行已经发生的错弊及时予以纠正,将银行内部控制的缺陷及其改进意见不断反馈给管理者,并能在一定程度上对发现的内部控制缺陷及时予以弥补,对发生的新的业务进行必要的调整。因而,监控实际上也是对银行其他内部控制程序和措施的一种再控制。监控可以分为内部监控和外部监控。外部监控不属于股份制商业银行内部控制构建的范畴,在此不作讨论,而内部监控通常有以下两种方式:

1. 自我控制

自我控制是指股份制商业银行的管理部门和各级人员定期或不定期地对各自执行内部控制制度的情况进行检查,并分析和评估其有效性,以期更好地达到内部控制的目标。其基本特征是:(1)时刻关注银行内部业务事项的进展情况和内部控制的成效;(2)由股份制商业银行内部全体人员共同参与和实施,管理者建立计划、预算、责任会计等管理控制方法,各部门或责任人按照既定的计划或标准对业务执行情况和内部控制实施情况进行自我检查与评估;(3)利用目标管理方法开展评估活动。自我控制能使银行内部全体人员自觉执行既定的内部控制制度,发现现有制度中存在的缺陷以及可能引起的后果,然后由有关各方立即采取行动或措施改进这种状况,而不是坐等银行内部审计人员评审后再来解决。

2. 内部审计

内部审计是对股份制商业银行业务活动进行审查评价的一种控制活动,通常由经营者领导下的一个独立的内部专职鉴证机构进行,它既是银行内部控制的一项重要要素,又监督着银行内部控制的运行,其重要任务之一就是分析和评价银行的内部控制制度,揭示其中的不足或尚不完善之处,并提供适当的改进建议或意见。

185

第三节 内部控制制度的规划与设计

一、制度规划的内容

股份制商业银行欲设计一个完整、有效的内部控制制度,首先应确定其经营理念,制定其经营目标及策略,再根据银行本身之行业特性及规模大小,以实现银行经营目标及策略为导向,并以专业分工为原则,规划设计其组织结构,在体现分层负责之原则下制定其授权制度,从而得以分析营运活动之工作内容,设计各项工作之营运流程及会计信息报告系统;为求实现银行的愿景与目标,必须建立适当标准基础的预算管理制度;为求银行内部人才之适才适所,必须设计合适的人事管理制度。另外,在设计的过程中,均必须把握若干的规范以避免制度设计走向的偏误,以下将分项详述[71][72][73][74]。

二、制度设计的规范

股份制商业银行设计内部控制制度时,应把握一些共同性规范,以确保制度设计之合理性、可行性及完整性。

(1)掌握规范之对象。制度之设计,有关人、事、时、地、物、财应有系统加以区分归属,避免遗漏或重复规范,更要避免有双轨管理现象。

(2)理顺关联职能间之关系。各项职能依组织系统及职掌划分分别制定其制度,分别制定其作业政策及程序。

(3)事务一致性规划。银行发展过程避免不了组织变更、人事异动,但制度应就事务的一致性进行规划,不因人而有差别规定。

（4）制度应精简适用。制度重在精简可行，不在复杂难懂。往往在制度运作时所发生之差异，系对授权认知不足、授权偏误、执行不力所致，而非导因于制度过于简陋。应避免一时之差异，造成制度日益庞杂，而仍无法避免差错。

（5）应具弹性及符合发展需要。制度系建立在合乎经营需要、适合短、中、长期发展及符合内部控制要求等诸多要素的体系。设计时，首先应注重制度本身能达成经营目标，但也应考虑短期因素，例如组织规模、业务量、成本等考量。使制度既能配合中长期发展之所需，短期内亦能运行无碍。

（6）内容应明确易懂。设计制度应尽可能使用浅显易懂之文字、图标、表格撰编；文字如运用过度，图例、表格过于复杂，将增加推行的难度。

（7）过程必须充分沟通、协调。制度制定的过程中，从最高管理层、各部门最高主管、次级主管及基层员工均应共同参与讨论。讨论的方式，有从上到下，或由下往上，或平行，或交叉，或个别，或集体，应视讨论的内容而定。讨论之内容，宜对事不对人，如有争议，应充分协调。

（8）应考虑成本效益因素。制度设计应考虑规范对象之性质、重要性采取适当的控制措施，不可因过度控制而致效率降低,损及成本效益原则。

(9)应有适当的颁布程序。制度建立基于全体员工的认知,并获最高管理层及董事会的支持,程序上亦应以正式书面方式予以颁布,赋予制度应有的管理位阶。

第四节　内部控制系统建设总体设想

一、指导思想

1. 关注成本效益

内部控制的构建和运行会产生成本,因此既不能因为内部控制的缺陷对股份制商业银行经营活动产生负面影响,也不能一味追求完美而无节制地产生成本,应在实行内部控制花费的成本和由此产生的收益之间保持适当的比例,也就是说内部控制的强度并非越强越好,而是要力争以最小的控制成本取得最大的控制效果。

2. 预防控制为主

内部控制制度的总体性质,主要是属于预防性控制,但在内部控制制度中,也包括了事后监督、查处性的控制。内部控制既要保证股份制商业银行各项业务活动能够正常地、有条不紊地运行，又要避免在运行中发生舞弊、失误、混乱所带来的风险或损失。

3. 注意体制牵制

组织机构控制是股份制商业银行内部控制的基础，也是其他控制能否成功和有效的关键。以组织机构控制为重点，充分发挥各部门和个人的作用，注重体制牵制，按职能部门的职责划分其管理权限和业务范围，按岗位明确职责和分工，是有效控制的关键。

4. 注重程序控制

按照内部控制的理论，办理任何业务，必须经由授权、批准、执行、记录、检查等控制程序，而且这些程序还应交给不同的个人和部门去完成，任何个人都不能独揽业务处理的全部过程，否则就达不到有效控制风险的目的。因此，股份制商业银行内部控制系统的设计，其关键就在于注重内部职能部门相互牵制、相互促进的组织设计，以防止差错、舞弊和风险的发生。

5. 注重责任牵制

股份制商业银行内部控制制度不仅要规定有关部门和个人的权限，还要明确其应承担的责任。责任牵制是内部控制的核心问题，只有职权，不负责任，则会紊乱无序，使控制失效。

二、设计原则

按照股份制商业银行依法、合规、稳健经营的要求,股份制商业银行要确定明确的经营方针,建立"自主经营、自担风险、自负盈亏、自我约束"的经营机制,坚持资金营运"安全性、流动性、效益性"相统一的原则,因此在内部控制建设方面要遵循以下原则[75][76][77]:

1. 有效性原则

即股份制商业银行各种内部控制制度包括最高决策层所制定的业务规章制度和发布的指令,必须符合国家和监管部门的规章,必须具有高度的权威性(即合法性要求),必须能真正落到实处,成为所有员工严格遵守的行动指南:执行内部控制制度不能存在任何例外,任何人不得拥有超越制度或违反规章的行为。

有效的内部控制必须适用于公司治理结构的要求和内部各部门的特点,必须能够发现和化解银行生产经营所遭遇的风险。股份制商业银行制定的各项内部控制要与单位内部管理和经济发展相适应。

2. 审慎性原则

股份制商业银行内部控制的核心是有效防范风险,任何制度的建立都以防范风险、审慎经营为特点。为了使各种风险控制在许可的范围之内,建立内部控制必须以审慎经营为出发点。要充分考虑银行经营和业务各环节可能存在的风险,并设立适当的操作程序和控制步骤来避免与减少风险。审慎性原则是建立内部控制最重要的原则。

3. 全面性原则

内部控制必须渗透到股份制商业银行行内的各个业务过程和各个操作环节,覆盖所有的部门和岗位,不能留有任何死角。

内部控制必须全面、完整,覆盖到经营活动中的各个业务环节和业务部门,不能留有任何死角和空白点。如果在业务过程中,有一个环节失控,即使其他各个环节控制再好,也有可能导致风险的发生。如果内部控制的全面性达不到,内部控制的有效性则无法保证。

4. 及时性原则

内部控制的建立和改善要跟上业务和形势发展的需要。开设新的业务机构和开办新的业务种类,必须树立"内部控制先行"的思想,首先建章立制,采取有效的控制措施。对丁现有的内部控制制度,要根据形势发展的需要和业务变化的新特点,适时进行修订,保证不落后于形势。

5. 独立性原则

即股份制商业银行内部控制的检查、评价部门必须独立于内部控制的建立与执行部门,直接的操作人员和直接的控制人员必须适当分开,并向不同的管理人员汇报工作;在存在管理人员职责交叉的情况下,要为负责控制的人员提供可以直接向最高层报告的渠道。

内部控制渗透到业务过程的各个环节,从整个业务过程来看,各个环节都是整个业务的一部分,它们之间在操作上有连续性;从控制上来看,各个环节的操作又是相对独立的,它们之间是相互核查、相互控制的关系。

因此,在建立业务过程内部控制时,要保持各个环节的相对独立性,即坚持独立性原则。同时,内部控制作为一个独立的体系,必须独立于其所控制的业务操作系统,直接的操作人员和直接的控制人员必须适当分开,并向不同的管理人员负责,在存在管理人员职责交叉的情况下,要为负责控制的人员提供一条向最高管理层直接汇报的渠道。

6. 信息化原则

内部控制总是与信息的获得相关联的,只有获取正确的信息和有效地使用信息,才可以进行必要的、有效的风险控制。任何内部控制方案,都必须要保证获取正确的信息、信息反馈渠道畅通,并能够及时为决策部门及有关业务部门使用,这样其内部控制系统才是有效的。信息化原则其实质是一种目标性原则,即在设计股份制商业银行内部控制系统时,应考虑其要达到的目的。

7. 系统化原则

内部控制是一个系统工程。系统是一组有机联系的若干元素的集合,即是由相互联系、相互制约的若干元素组成的统一整体。这个系统应具有整体功能和综合行为。系统化原则实质是一种方法性原则,在设计股份制商业银行内部控制系统时,应根据系统控制的原理进行方案规划,设计内部控制系统的功能和结构,系统地、全方位地控制风险。

8. 合法性原则

银行必须在合法经营业务的基础上按国家法律、法规的规定建立内部控制框架,而不能借助内部控制来从事非法活动,或通过内部控制来逃避国家法规的监督。各种内部控制制度包括最高决策层所制定的业务规章和发布的指令,必须符合国家和监管部门的规章,必须具有高度的权威性,执行内部控制不能存在任何例外,任何人不得拥有超越制度或违反规章的权力。

9. 成本效益原则

内部控制构建和运行是会发生成本的,如内部控制的构建成本、运行中的人力、物力支出等。建立内部控制框架必须遵循效益大于成本的原则,既不能因内部控制的缺陷对银行产生负面影响,也不能一味追求完善而无节制地产生支出。

10. 标准化原则

标准化也是规范化,标准化原则是一种应用性原则,在设计内部控制系统时,要确保系统能够有效使用,应根据程序控制法的原理进行内部控制系统的设计,根据股份制商业银行的实际情况,注意程序的全面性、完整性和经济性,既不能繁琐和重复,又不能过于简单或存在漏洞。程序控制法是一种典型的事前控制法,它按各单位的实际情况和所办理业务的实际要求,规定其办理时必须遵守的、科学的、切实可行的程序化操作准则,任何人都必须按照规定的程序去执行。进行程序控制,可以避免业务工作无章可循、职责不清、互相扯皮等;有利于及时处理业务工作和提高工作效率;有利于减少、暴露、查明差错和弊端;有利于追究有关人员的责任和及时处理、解决问题。

三、有效内部控制系统所要达到的目标

股份制商业银行内部控制系统的目标可以概括为四个方面:其一,确保国家法律、法规和监管部门规章制度的贯彻执行;其二,确保将各种风险控制在规定的范围之内;其三,确保自身发展的战略和经营目标的全面实施;其四,确保内部资源配置效率的提高和各项业务的稳健运行[78][79]。这四个目标有着十分明显的指向。强调依法合规经营,是股份制商业银行生存与发展的基础;通过内部控制来防范和化解风险,是把业务经营过程中差错与舞弊现象的可能性降到最低程度;确保资产的安全性、会计记录的真实性和业务处理的规范性,则为股份制商业银行各项业务的安全、有效运行提供了根本性保障。而这些目标又最终体现在促进股份制商业银行运作效率的提高,保证经营方针的贯彻、执行及经营目标的实现。因此,股份制商业银行内部控制系统所要达到的目标与其经营目标有着内在的一致性。

195

四、公司治理下的内部控制系统各子系统

1. 控制环境子系统

内部控制环境是整个内部控制框架的基础。内部控制系统是一个开放的系统,开放系统与环境有密切关系,内部控制系统功能发挥的过程是内部控制系统与控制环境相互作用的过程,控制环境必然会影响内部控制系统的运作和有效性。

控制环境是指存在于内部控制系统之外的能影响内部控制系统效率的各种因素[80]。控制环境确定了一个组织的基调,它影响着整个组织内工作人员的控制意识,并且是

其他内部控制因素的基础。根据 COSO 报告,在我国股份制商业银行内部控制框架构建中,环境子系统主要包括:公司治理、组织结构、企业文化和权责分派体系等。

控制环境子系统是整个银行内部控制的上层建筑,它以产权为基础,直接影响着其他的控制子系统,它所涉及的主要是股东会、董事会以及其所属委员会、高级管理人员之间的控制、约束管理,既包括显性的组织结构上的职权分配控制,又包括隐性的各种激励机制。该系统要确保银行长期战略目标和计划得以确立,确保整个管理机构能够按部就班的实现这些目标和计划,还要确保整个管理机构能够维护银行的向心力和完整性,保证和提高银行的声誉等。

2. 风险评估子系统

在市场经济条件下,股份制商业银行所面临的经济环境日趋复杂多变,而各种各样的风险与危机也随时发生或出现。"银行风险或失败管理"成为现代银行普遍关心的问题[81][82]。在经济体系中,风险存在的普遍性是最明显不过的。

对于一个持续经营的银行而言,其常见的银行风险包括:(1)战略风险,不恰当的行动纲领和发展规划导致的风险;(2)经营风险,不适宜的经营手段所导致的风险;财务风险,失去融资能力或遭致无法承受的债务而导致的风险;

(3)信息风险,不相关、不真实信息报告导致的风险;(4)环境与法律风险,环境骤变和政策不明朗导致的风险;(5)灾害风险,由于战争、自然灾害等不可抗力所导致的风险。

因为风险的存在,风险管理才成为必要。风险管理是由风险识别、风险评估、风险对策、风险监测等一系列环节组成的一个循环流程。

股份制商业银行风险绝不仅仅局限于财务方面,但是银行的所有风险都最终表现在财务报表和财务运行上。每个银行在其经营过程中,随时都必须首先考虑预警财务风险和失败,在银行一旦出现财务困难或财务失败时,要认真考虑如何处理银行的财务事宜,如何保护各相关主体的利益。

只有通过风险评估才能进行下一步的风险控制,有针对性地开展内部控制活动,才可能避免潜在的巨大损失。所以,对风险的评估和防范、预警成为现代银行内部控制的重要内容,是内部控制的基本前提。它是由董事会下的风险管理委员会管理,对董事会负责。

3. 控制活动子系统

控制活动是内部控制的核心内容和银行具体实施的过程,所涉及的主要是银行日常生产经营活动的控制与约束。控制活动是对银行生产经营中的各种资源进行监督和控

197

制,直接影响到银行的效益和效果,影响到银行目标的实现。

目前,控制活动一般采用财政部发布的《内部会计控制——基本规范(试行)》和《内部会计控制——货币资金(试行)》的业务循环来进行。

以现代管理理论为基础的内部控制系统是人、财、物三个维度有机结合。同时,随着信息时代的高速发展,电子商务成为信息时代和知识经济的宠儿,是通过因特网进行商务活动的新模式,它集物流、信息流、资金流于一身。

4. 信息子系统

面对加速的全球竞争和消费者不断增长的对速度、质量、价值的需求,所有银行都借助于信息技术以改善银行的控制和决策并保持竞争优势。而建立一个健全的银行内部控制系统的充分且必要条件就是——必须拥有一套完善的有关信息传递、沟通与反馈的信息系统。信息是控制的基础,信息系统是内部控制系统的媒体,是内部控制系统的基本保证。信息系统必须确保高级管理层迅速、全面、准确地了解内、外部信息,并使信息能在银行中迅速、准确地交流和传递。

有效的信息系统可以及时地处理大量的信息流,并提供各方所需的信息,提供银行各部门管理控制生产、考核工作成果以及提供银行高层决策人员制定经营方针、制定规划、进行决策所需的各种信息，从而使银行的经营和管理流畅地进行下去。内部控制各个子系统之间进行信息传递和信息反馈的所有通道构成管理信息系统，它是由人和计算机组成的进行数据的收集、处理、存储、传递（包括反馈）的系统。它通过对一个组织内部和外部数据的收集与处理来获得有关信息，并传递给控制主体，从而对经营活动做出调整，以实现对风险的控制[83]。

　　由于网络的快速发展，使得银行能够得到许多的外部信息，而不仅是银行内部信息，但面对庞大的数据，银行如何去选择和甄别有用的信息呢？为此，银行大都建立一套管理信息系统来对信息流进行处理。管理信息系统不仅仅是停留于简单的数据处理和分析，而且对现有数据作进一步的分析，即数据挖掘，可以对市场信息加深理解，更有助于银行进行判断和决策，这样赋予了银行更灵敏的反应能力，更积极主动的调整能力和更强有力的竞争力。

　　5. 内部审计子系统

　　内部控制作用的发挥，有赖于建立起健全有效的内部控制系统，更有赖于使其得到良好运行，建立起良好的运行机制。这就需要对内部控制建立和实施进行有效的监督，通过监督活动，评价内部控制系统的运行效果和质量。这

199

种活动的形式主要是审计监督,包括内部审计和外部审计。内部审计作为一种经济监督形式,其本身也是内部控制系统的组成部分,其对内部控制系统的建立和运行的监督与评价比外部审计更为有效[84]。国际内部审计师协会(IIA)确定的内部审计的定义为:内部审计是一种独立、客观的保证和咨询活动。其目的在于增加价值和改进组织的经营,它通过系统化和规范化的方法,评价和改进风险管理、控制和治理过程的效果,帮助组织实现其目标[85]。

第七章　我国股份制商业银行内部控制系统建设的具体设想与建议

通过对 COSO《内部控制——整体框架》理论、巴塞尔《内部控制系统评估框架》和我国《商业银行内部控制评价试行办法》进行比较分析，表明了这三大理论在涵盖管理活动的范围方面大部分相同，都包括环境因素的设立、业务活动水平目标的设立、控制活动的实施、监督评价、信息识别采集和交流方面的管理活动。同 COSO 内部控制理论相比，《内部控制系统评估框架》和我国《商业银行内部控制评价试行办法》将内部控制整体战略计划、风险管理活动和纠正行为纳入到内部控制体系中，强调内部控制战略计划、风险管理和纠正活动都是内部控制管理活动的重要组成部分。

对比分析美、日、德等国外银行风险管理内部控制制度的主要实践及其经验,表明科学的现代企业组织制度、独立与权威的内部监察监督制度、明确的业务部门风险控制分工及相互制约的关系、谨慎的授信(权)审批制度、有效的内部检查与稽核制度以及严格的会计控制和合情理的员工管理制度等,是搞好商业银行内部控制的制度保证,而以现代电子技术为依托,通过电子化风险控制系统,将银行内部控制制度引入规范、超然的轨道则是搞好股份制商业银行内部控制的关键。

根据上述基本结论,借鉴国际银行业先进经验,按照我国商业银行有关监管法律和监管当局的监管要求,结合我国股份制商业银行发展阶段的实际,对我国股份制商业银行内部控制系统建设的具体设想提出如下建议:

一、以国际先进商业银行为标杆,建立"形"、"神"兼具的科学的现代商业银行公司治理结构,真正全面提高我国股份制商业银行公司治理水平

按照《中华人民共和国公司法》、《中华人民共和国商业银行法》的要求,我国股份制商业银行虽已建立股东大会、董事会、监事会和高级管理层的公司治理机构,但更重要的是要能够真正发挥上述公式治理结构在决策、执行、监督三权分立和制衡方面的作用。要确保公司治理结构真正发挥作用,就要贯彻落实中国银监会《商业银行内部控制评价试行办法》中有关董事会、监事会和高级管理层的责任,即董事会负责保证商业银行建立并实施充分而有效的内部控制体系;负责审批整体经营战略和重大政策并定期检查、评价执行情况;负责确保商业银行在法律和政策的框架内审慎经营,明确设定可接受的风险程度,确保高级管理层采取必要措施识别、计量、监测并控制风险;负责审批组织机构;负责保证高级管理层对内部控制体系的充分性和有效性进行监测与评估。高级管理层负责制定内部控制政策,对内部控制体系的充分性与有效性进行监测和评估;负责执行董事会决策;负责建立识别、计量、监测并控制风险的程序和措施;负责建立和完善内部组织机构,保证内部控制的各项职责得到有效履行。监事会负责监督董事会、高级管理层完善内部控制体系;负责监督董事会及董事、高级管理层及高级管理人员履行内部控制职责;负责要求董事、董事长及高级管理人员纠正其损害商业银行利益的行为并监督执行。

董事会和高级管理层还应培育良好的内部控制文化,提高员工的风险意识和职业道德素质,建立通畅的内、外部信息沟通渠道,确保及时获取与内部控制有关的人力、物力、财力、信息以及技术等资源。

当前,我国股份制商业银行公司治理水平总体还不高,还不同程度地存在一些问题,除了股份制商业银行内部运作不规范等因素外,也受我国国情自身特点的影响,主要表现为以下三个方面:首先,大多数股份制商业银行普遍存在"一股独大"现象,国有股占控股地位或是国有股为最大股东、国有控股股东或国有大股东拥有多数表决权,加上中小股东又比较分散,控股股东或大股东实际上很容易损害中小股东利益,控股股东或大股东干预并且插手经营管理,高级管理层难以独立经营,也无法真正维护中小股东利益。其次,可能存在"内部人"控制现象,由于董事对商业银行的日常经营管理参与有限,信息不对称;同时,有些董事或董事会尽职、尽责发挥不到位,缺乏实施决策的基本手段,没能真正发挥决策核心的作用,不能对高级管理层发挥有效的监督制约作用,因此,有可能形成"内部人"控制现象。最后,我国股份制商业银行还要正确处理好党委会、纪检会与董事会、监事会、高级管理层的职责与功能定位,真正结合我国国情,把我国特有的社会主义政治优势和作用在股份制商业银行公司治理结构中加以发挥。

在通过学习和借鉴国际商业银行先进的公司治理理念、方法与实践经验基础上,要以国际先进银行为标杆,进一步结合我国国情,解放思想、与时俱进地加以探索和创新。健全董事会架构,完善董事会的决策机制,保持董事会的独立性。董事会下设审计委员会、风险管理委员会、关联交易委员会、战略委员会、提名委员会和薪酬委员会。完善银行章程、建立规则及董事会授权等制度。董事会与各专业委员会成员的构成要具有互补功能和一定的专业化背景,执行董事、非执行董事、独立董事的构成和比例要有利于决策的科学性与有效性。对董事的履职情况应当定期评审,并承担相应法律责任,也要建立一个科学的责任追究和退出机制。建立专业化的经营管理团队。当今世界已进入了知识经济时期,银行业是知识经济的典型行业之一,知识经济最重要的资源是知识与人才,因此要建立科学有效的高层管理人员选聘与管理制度,积极地从国内外引入专才。对高层管理人员不仅要求具备相应的道德、品质、专业水平、管理能力,还要建立对高层管理人员的目标管理、问责制、业界的评估制度和激励约束等制度。良好的公司治理需要建立和健全科学规范有效的内部监督管理体制,明确和规范董事会、监事会的责任边界、议决事程序,规范监事会的运作。全面落实董事会、监事会和高级管理层的分权、分责,真正使三者之间的地位、关系、责、权、利进一步明确和落实,使我国股份制商业银行的公司治理结构与国际先进银行相比,在做到"形似"的基础上,努力达到"神似",形成既符合国际惯例又具有中国特色的社会主义股份制商业银行公司治理结构,真正建立和健全公司治理结构,不断提高公司治理水平。

二、借鉴国际先进银行经验,重塑股份制商业银行内部经营管理体制

我国股份制商业银行成立时间总体较短,在成立之初,基本上是学习和借鉴我国国有商业银行在计划体制下的经营管理模式,按总、分、支行实行分级按行政区域管辖的模式,总行授权分行、分行转授权支行,分、支行负责对其业务辖区和辖内分支机构的人事、业务、财务等各项经营管理权,实际上是模仿我国行政管理体制模式。这种按行政区域、块状经营管理模式,虽然在初期有利于加快业务发展、便于内部协调、市场反应相对较快等优点,但是发展到一定阶段以后,其弊端十分明显,主要表现为各分、支行经营管理战略、模式、目标不统一,甚至五花八门,各分支机构按区域各自为政,信息不畅,决策链过长,各层级间透明度不高,难以形成集约化经营与集约化管理,各分支机构的局部利益、短期行为与全行的全局利益、中长期利益的冲突与博弈加剧,基层分支机构的违法、违规、违纪经营行为难以及时显现或及时得到有效制止与处理,对各级经营管理人员道德风险控制不力。鉴于我国股份制商业银行在机构分布、客户群体选择、服务方式和手段方面与国有银行有较大不同,具备实行扁平化管理的条件,因此,我国股份制商业银行必须按照集约化经营与集约化管理的原则,重新设计内部管理体制和营销体制,才有可能真正建立和健全有效的内部控制体系。

1. 建立全行垂直独立的授信评审与审批体制

信用业务风险是当前我国股份制商业银行的主要业务风险,为有利于全行统一的信贷政策的制定与执行,促进全行风险文化、风险偏好的贯彻,进一步防范风险,统一信用业务审查规范、审查标准,统一风险衡量尺度;同时,又有利于了解和贴近当地市场,提高审查、审批效率,增强分、支行市场竞争力,由总行按经济区域设立授信审批中心,或向各分行垂直派驻授信审批部,负责所在区域或所在分行的授信业务的专业审查与审批。同时,总行向各区域中心或向各分行委派信贷审批官,负责所在区域或所在分行信用业务的审批,各区域中心或派驻分行的授信审批部、信贷审批官对总行负责,向总行报告所在区域或分行信贷风险管理工作,授信业务实行专业化审查,专职化审批。改变当前总、分、支行分级分权层层有权审查与审批的管理办法。

垂直独立的授信业务审批体制,能有效地避免了信用

207

业务审批过程中的行政干预,全方位地提高信用业务审批的专业水平和技术水平,提升全行应对国家经济和产业政策调整与市场发展趋势的宏观把握能力,有利于遏制和降低分、支行短期利益驱动的相关人员道德风险,能够切实发挥贴近市场、提高效率、控制风险的作用。

2. 借鉴西方商业银行经验,重塑我国股份制商业银行内部审计制度

一套科学、合理、可行的规章制度制定和颁布后,只是完成了内部控制制度建设的基本工作,关键的问题是如何有效、严格地执行。执行问题是股份制商业银行全体员工、业务运作的全部程序、管理的全部过程,必须严肃对待的事情。任何人都必须清楚自己该干什么、不该干什么、如何去干,如果违反规定会有何后果。在银行里,对规章制度的执行、落实情况主要是靠审计部门来检查和督导的。内部审计制度是支撑股份制商业银行内部控制有效发挥作用的前提和保证。针对我国股份制商业银行内部审计独立性不强的现状,应借鉴西方商业银行内部审计部门的运作经验,重塑我国股份制商业银行内部审计制度。西方商业银行的内部审计制度具有很强的独立性与权威性,对内部控制建立、健全发挥的作用重大,很值得我们借鉴,主要表现在:一是西方商业银行只有总行设有审计部门,各业务部门和分支

行都不设,各地区内审机构由总行垂直委派,对总行负责并报告工作;二是审计部门归董事会领导。通常西方商业银行的董事会下设若干专门委员会,其中必有审计委员会,有些银行将审计部门直接划归审计委员会领导,而不是从属于银行行长,这种做法可以保证审计部门行使职能时不受干预,独立性很强,自主性很大;三是审计人员素质要求很高。西方商业银行要求审计人员从业经验必须在 6～8 年以上,拥有良好的职业道德和行为操守,而且必须是做过多年业务的技术专家;四是实行外部复审制。在商业银行系统内,审计部门是权威部门之一,审计人员天天带着"尺子"去评价和考核他人,那么谁来评价和考核审计部门、审计人员呢? 西方商业银行的通常做法是,每年都聘请外部知名的独立会计事务所对审计部门审计过的单位进行随机抽样抽查,以检查内部审计部门工作质量,并借此监督内部审计部门的工作。这种独立的外部复审制,不仅极大地提高了商业银行财务报表的可信度,而且从根本上改善了商业银行内部管理和风险控制的有效性;同时还为金融监管当局实施有效监管提供了可靠的保证和依据。我国股份制商业银行应借鉴西方股份制商业银行的先进经验,对现有的内部审计制度进行改革,可按经济区划分区域由总行派驻审计机构,对重点分行派驻审计小组,建立垂直领导、具有高度独立性和权威性,与国际银行业内部控制体制接轨的内部审计监督体系。总行审计或其派出机构要加强和分、支行所在地监管部门的沟通、交流与协作,通过不同侧面定期或不定期地了解分支机构的经营与管理状况,形成多角度、多侧面的监督管理体系。

3. 改革财会管理体制,实行会计业务和数据的集中化处理,对分行委派财务执行官

股份制商业银行可充分运用现代电子化手段和信息技术,建立全行统一的科技与会计处理平台,实行数据大集中,它有利于整合全行的信息资源,推动分、支行内粗放式经营向集约化经营转变,并且能够提高工作效率和管理水平;它能够通过对分、支机构业务数据的实时动态监控,了解、化解和防范各类业务风险;它能更有利于确保数据和业务处理系统的安全。

在全行数据大集中的统一科技平台上,股份制商业银行应改变当前会计业务处理工作均由所在分、支行负责并就地办理的模式,可以对现有柜面受理的各项业务进行前、中、后台分解与处理,将可能集中后台、中台处理的会计核算或其他相关业务处理事项进行集中处理,具备条件的可以直接集中总行后台业务处理中心进行处理。由总行对分行委派财务执行官,负责财务管理工作,对总行负责;同时,

向总行和所在分行行长作双向报告工作,实行矩阵式管理。实行上述管理模式,有利于执行统一的会计、财务政策、制度,有利于确保会计财务信息的真实性、完整性、及时性,增强财务信息的透明度、公开性和安全性,以及财务会计处理与操作的统一性,使人为干预的可能性最大程度地减少,而且统一的数据与会计业务处理平台,有利于总行实时地对全行各分、支机构进行实时、动态的非现场检查,同时能够大大地降低会计业务处理的管理成本、人力资源成本等。

4. 建立先进的管理信息系统,充分发挥信息技术和电子化手段在内部控制管理中的特殊作用

获得全面、有效、及时的信息是科学决策的依据和前提,可靠准确的信息和及时有效的交流,是保证股份制商业银行内部控制制度有效运作的手段。一方面,通过精简内部机构,推行"扁平化"管理模式,来缩短信息传递链条和层次,确保信息传递的渠道通畅,传递及时准确;另一方面,充分运用计算机和互联网通讯技术,建立计算机信息库,实现内部控制信息的共享,加强上下级机构和职能部门之间的横向与纵向沟通交流。

还可以充分运用电子化手段的技术限定的设计,促进在业务授权、反洗钱管理、会计处理、财务管理、资金调度、重大投资、客户重大异常资金波动、不良资产预警监测等多

方面进行实时有效的监管与实时控制,减少授权后由人为控制或人为审批形成的执行标准不统一,以及由于人为控制可能带来的道德风险。

5. 确定专门部门统一制定内部控制管理制度,对各项内部控制制度进行经常性的修订、维护与完善

目前,股份制商业银行内部控制制度一般分别由各职能部门制定,控制不标准、不完整、缺乏全局性和连续性,不利于银行内部全过程的调控。目前股份制商业银行缺乏专门制定和执行内部控制制度的机构,其内部控制制度大多分别由各职能部门去制定和执行,导致政出多门,各自为政,使内部控制制度缺乏整体性和协调性,再加上各部门之间缺乏协调配合和信息沟通,许多规章制度之间相互冲突,难以有效发挥其控制作用,以致内部控制制度流于形式。

西方商业银行制定制度时力求全面、科学,并随着形势和环境变化经常及时地对其进行调整,以便更好地符合实际需要。有些制度,在制定和出台时可能是科学的、合理的,但一段时间之后,客观形势的变化使之不再适合;还有些制度,在颁布之初并不完善,只是一些临时性的规定、"草案"等。因此,我国股份制商业银行应借鉴西方股份制商业银行的做法,每隔一段时间对规章制度进行修订和调整。与此同时,股份制商业银行应注重针对不断出现的新情况

研究制定新的内部控制制度。当前急需解决的是新兴业务和电子化建设的内部风险控制问题。一方面,应重视强化新兴业务的风险评估,在新兴业务开展之前就应设计相应的风险评估方法和程序;另一方面,加强对计算机系统风险的认识和控制。计算机系统在股份制商业银行经营管理中的广泛运用给银行带来极大便利,但也带来了新的风险。股份制商业银行应努力建立一整套科学的计算机系统风险控制制度,在对计算机系统进行风险控制的同时又能利用计算机控制风险。

因此,应建立专门机构负责各项制度的统一制订、协调、修订、维护与完善,以确保制度的统一性、协调性、衔接性。

6. 重新调整和改革营销管理体制,全力打造流程银行,促进市场营销战略、目标、手段、方式与内部控制管理目标相一致、相协调

当前,我国各股份制商业银行均实行以分、支行为单位的年度经营管理目标的分解下达,并进行相应的经营管理业绩考核评价,均以各分、支行为考核单位并独立进行市场拓展和营销,授权分、支行在其授予权限内全面经营本外币,对公对私业务,授权其管理辖内人、财、物与业务审批权,各地为阵、各自为战,各分支机构在局部利益、短期利益

213

与激烈的市场竞争之下为完成任务或为实现考核业绩,在上述经营管理体制下,往往不仅背离总行统一制定的营销战略、目标客户群,甚至采取违法、违规、违纪等竞争手段进行业务拓展,形成了重大的政策风险、法律风险或市场风险。要真正贯彻落实科学发展观,防范业务发展风险,就必须彻底改变和调整原有的营销管理体制,实行营销组织机构、业务操作流程、营销模式、营销手段、营销方式、业务与人力资源管理模式的再造,改变过去以分、支行为单位的"块状经营"模式。在"块状经营"模式下,由于分、支行的利益与目标与总行不完全一致,各类信息已经过层层过滤,往往导致总、分、支行间信息透明度不高,它对商业银行的信用业务风险、操作风险、市场风险和道德风险的存在提供了较好的生存环境;同时不利于总行统一的市场营销战略、目标客户群、统一的营销方式和服务手段的推广。因此,必须全面推行公司、同业、零售业务的事业部制改造,形成总、分、支行垂直到底的各板块业务事业部制经营与管理体制。实行上述各项业务的专业化营销和专业化管理,全面推进和完善流程银行建设,真正实现经营与管理的转型。

三、引入 PDCA 循环法,实行 ISO9002 标准质量管理

根据 PDCA 循环法对我国股份制商业银行内部控制

系统建设的适用性探讨,PDCA 循环法能够很好地理顺内部控制与发展的关系,能够很好地协调内部控制与外防的关系,能够很好地处理内部控制与效率的关系。综观国内外其他行业(如制造业、建筑业、旅游业、政府部门)实施ISO9002 标准的状况来看,该标准能够成为行业得到更好发展的基础;从金融业实施情况看,如花旗银行、渣打银行也引入并通过了 ISO9002 认证,并取得了很好的效果。针对我国股份制商业银行内部控制制度建设中存在的问题,结合 ISO9002 标准,如果能够把该标准的质量管理方法(PDCA 循环法)和我国股份制商业银行内部控制建设结合起来,就有可能建设一个全新的股份制商业银行内部控制体系,将可以解决内部控制建设中许多现存的问题或容易被忽视的问题,我国股份制商业银行内部控制体系建设将会得到较好的改善。

四、建立良好的股份制商业银行的内部控制管理文化

在股份制商业银行内部控制制度的改革完善中,长期以来人们往往注重的是正式规则的构建,而忽略了非正式规则或潜规则的作用。"非正式规则"即指企业文化,包括企业价值观、企业精神和职业道德等,是股份制商业银行内部控制制度的思想灵魂,决定着股份制商业银行的价值取

215

向、行为规范和道德水准,对股份制商业银行内部控制有着重要影响。内部控制关键是要控制"人","人"是股份制商业银行得以发展的根本所在,也是股份制商业银行风险的制造者。建立股份制商业银行内部控制管理文化,增强精神力量的感召性,实现"软约束"和"硬制度"的协调互动,是防范和控制风险的有效手段。

1. 建立内部控制管理理念,增强全员内部控制意识

正确的经营指导思想可以营造良好的内部控制氛围,从思想上保证内部控制制度的落实。股份制商业银行应通过深入开展宣传教育,加强各种学习和培训,使股份制商业银行广大员工认识到内部控制管理(风险管理)是银行经营战略的重要组成部分,是银行核心竞争力的重要来源,关系到银行的生存和发展;强化经营风险意识,使每个员工能自觉地在各自所处的岗位上,以积极认真的态度完成自身的内部控制职责。

2. 培育良好的职业道德,提高员工整体素质

职业道德是企业文化的重要组成部分,它影响和规范着员工的言行举止、工作态度和工作作风。股份制商业银行目前的职业道德教育还比较滞后,给银行的安全带来一定隐患。加强职业道德教育,规范银行职工行为,促进全体员工依法经营、稳健经营、文明经营,最终实现银行的自律。

中国银行业监督管理委员会主席刘明康同志多次指出，如何进一步推进和完善我国商业银行内部控制机制改革，建立和健全我国商业银行内部控制体系，这既是当前银行改革的难点也是重点，也是当前和今后相当长时间内都必须关注的问题。希望我国商业银行能够以国际先进银行为标杆，建立起既符合国际惯例，又符合中国实际的良好的商业银行公司治理结构，增强竞争力，实现可持续健康发展。我们相信，只要我国股份制商业银行能以科学的发展观为指导，正确把握当前中外金融业发展的趋势，认真学习和借鉴国际先进银行的理念、实践经验，结合我国国情和各商业银行实际，扎扎实实地推进内部控制建设，在我国金融业全面对外开放的新一轮竞争中，我国股份制商业银行的发展一定大有可为。

217

参考文献

[1]苏玮:《中国国有股份制商业银行内部控制问题研究》,《生产力研究》,2005(8):77—79。

[2]郭宇航:《对股份制商业银行会计内部控制的再思考》,《金融会计》,2005(5):16—17。

[3]杨宝琴:《企业内部控制和完善刍议》,《现代企业》,2005(5):20—21。

[4]朱荣恩、傅祁琳:《内部控制概念的新发展》,《上海会计》,1999(3):44—45。

[5]李淑琴:《内部控制理论的发展趋势》,《中国石油企业》,2005(4):72—73。

[6]付登辉、刘文:《国有股份制商业银行内部控制现状及对策》,《金融与经济》,1997(4):35—37。

[7]盘晓娟:《国有股份制商业银行内部控制制度建设存在的问题及其对策》,《湖南科技学院学报》,2005(4):81—82。

[8]河南金融管理干部学院课题组:《股份制商业银行内部控制研

究》,《金融管理科学》,1997(5):19—24。

[9]张学义:《我国股份制商业银行内部控制机制及其发展战略》,《理论纵横》,2005(1):8—10。

[10]潘秀红:《完善我国股份制商业银行内部控制的思考》,《经济师》,2005(2):230—231。

[11]于川、潘振锋:《风险经济学导论》,中国铁道出版社 1994 年版。

[12]于川、潘振锋:《风险经济学导论》,中国铁道出版社 1994 年版。

[13]Altman E. I. and A. Saunders, "Credit Risk Measurement: Developments over the last 20 years", *Journal of Banking and Finance*, 1998(21), pp. 1721—1742.

[14] Duffee, Gregory R. , "On Measuring Credit Risks of Derivative Instruments", *Journal of Banking and Finance*, 1996(5): pp. 805 —833.

[15] 国际清算银行:《巴塞尔监管委员会文献汇编》,中国金融出版社 1998 年版。

[16] Alex Fleming Lily Chu:《波罗的海国家的银行危机》,国际货币基金组织与世界银行 1997(3)。

[17] 国际清算银行:《巴塞尔银行监管委员会文献汇编》(中译本)》,中国金融出版社 1998 年版。

[18] Basal Committee on Banking Supervision: Proposals for International Convergence of Capital Measurement and Capital Standards, 1988.

[19] Basal Committee on Banking Supervision: The Core Principles

on Effective Banking Supervision,1997. 4.

　　[20] Basal Committee on Banking Supervision: Internal Control System Evaluation Framework,1998.

　　[21] 徐龙华:《巴塞尔运作风险管理和监管的良好做法》,《金融时报》,2002. 2. 25。

　　[22] Ragl Cinsella, *International Controls in Banking*, John Wiley of Sons Inc. 1995: pp. 76—82.

　　[23] Michael T. Matteson, *Management and Organizational Behavior Classics*, McGraw-Hill, Inc. 1999: pp. 213—220.

　　[24] 魏琳:《发达国家股份制商业银行公司治理结构比较》,《理论界》,2004(6):250—251。

　　[25] 中国人民银行公告[2002]第 19 号,《股份制商业银行内部控制指引》,2002. 9. 7。

　　[26] 吴水澎、陈汉文:《企业内部控制理论的发展与启示》,《会计研究》,2000(5)。

　　[27] 陈纪南等:《企业内部控制的十种方法》,《管理顾问》,2002(1)。

　　[28] 刘国常:《企业内部会计控制及其评审》,西南财经大学出版社1999 年版。

　　[29] 王学文、赵云兰:《我国股份制商业银行内部控制存在的问题及对策》,《哈尔滨商业大学学报(社会科学版)》,2005(5):19—22。

　　[30] 梁能:《公司治理结构——美国、中国的实践》,人民大学出版社 2000 年版。

［31］Anthony Saunders and Linda Allen, *Credit Risk Measurement: New Approaches to Value at Risk and other Paradigms*, John Willey & Sons, Inc. 2002.

［32］Duen-Li Kao, "Estimating and Pricing Credit Risk: an Overview", *Financial Analysts Journal.* 2000(56): pp. 50—66.

［33］Lopez, J. A., Saidenberg, M. R., "Evaluating Credit Risk Models", *Journal of Banking and Finance*, 2000(24): pp. 151—165。

［34］Kevin Adams, Robert Grose and Donald Leeson, Consulting Edited by John Hamitton, *Internal Controls and Auditing*, Sydney: Prentice Hall,1997.

［35］Ragl Cinsella, *Internal Controls in Banking*, John Wilely of Sons Inc,1995.

［36］Emmett J. Vaughan & Therese M. Vaughan, *Essentials of Insurance: A Risk Management Perspective*,John Wiley & Sons,1995.

［37］CIMA,A framework for Internal Control Corporate Governance,April 1994,pp. 109—110.

［38］William R. Kinney. Jr., Michael W. Maher, David W. Wright, "Assertions-based Standards for Integrated Internal Control", *Accounting Horizons*,Dec, 1990.

［39］Nicholas J. Santoro, Bank Operations Management, Bankers Publishing Company&Probus Company,1992.

［40］Dennis G. Uyemure etc., Financial Risk Management in Banking: The Theory & Application of Asset & Liability Management:

Bankers publishing Company & Probus, Publishing Company, 1993.

[41]Ray Kinsella, *Internal Controls in Banking*, John Wiley of Sons Inc, 1995.

[42]周彬、胡铃、赵昕:《我国股份制商业银行内部控制环境分析》,《新金融》,2005(2):33—36。

[43]韩俊梅:《股份制商业银行内部控制环境的比较与启示》,《广东金融学院学报》,2004(6):62—64。

[44]谢海军:《股份制商业银行内部控制管理的成本及其控制》,《新疆金融》,2005(4):23—24。

[45]毛锦:《股份制商业银行内部人的控制与监督》,《金融理论与实践》,2005(2):45—47。

[46]宓展:《股份制商业银行内部控制问题及对策》,《科技创业》月刊,2005(8):23—24。

[47]韩志文:《股份制商业银行内部控制风险不容忽视》,《浙江金融》,2005(5):22。

[48]Steven J. Root, Beyond COSO, *Internal Control to Enhance Corporate Governance*, New York: Wiley, 1998.

[49]The Committee of Sponsoring organizations of the Treadway Commission, Internal Control Integrated Framework (the COSO report).

[50]Committee of Sponsoring Organization of the Treadway Commission, Internal Control Integrated Framework (the COSO report), 1994.

222

[51]唐双宁:《股份制商业银行内部控制存在五大问题》,《经济研究参考》,2004(23):24—25。

[52]曹敏:《股份制商业银行内部监控机制研究》,《上海金融学院学报》,2004(2):38—41。

[53]李冬玲:《如何加强股份制商业银行的内部控制》,《边疆经济与文化》,2005(9):67—68。

[54]陈景功:《强化银行内部控制　防范化解金融风险》,《金融理论与实践》,1997(10):15—17。

[55]何芙卿:《强化国有股份制商业银行的内部控制》,《广东金融》,1997(12):30—31。

[56]沈鸿:《建立国有股份制商业银行治理结构的若干思考》,《河南金融管理干部学院学报》,2005(3):82—84。

[57]郑超亮、袁文俊、冯晓亚:《论国有股份制商业银行的内部控制》,《科技创业月刊》,2005(6):21—22。

[58]范伟、杨少春、吕社:《内部控制及其构建》,《合作经济与科技》,2005(6):15—16。

[59]刘瑞珍:《浅谈金融内部控制制度的设置原则》,《金融理论与实践》,1997(4):39。

[60]周建松:《银行经营管理学》,浙江大学出版社1998年版。

[61]彭建刚:《股份制商业银行管理学》,中国金融出版社2004年版。

[62]武康平:《货币银行学教程》,清华大学出版社1999年版。

[63]甘培根、林志琦:《外国金融制度与业务》,中国经济出版社

223

2000 年版。

[64] 熊良骏、骆德武:《借鉴国外经验提高股份制商业银行内部控制水平》,《经济学动态》,1997(5):37—39。

[65] 蔡鄂生、王立彦、窦洪权:《银行公司治理与控制》,经济科学出版社 2003 年版。

[66] 徐学敏:《建立国有股份制商业银行内部控制系统的多维思考》,《财经研究》,1997(11):18—19。

[67] 余丽霞、孙彩玉、曾秀丽:《国有股份制商业银行公司治理结构的新制度经济学分析》,《西南民族大学学报》(人文社科版),2005(9):80—83。

[68] AICPA Affiliated Committee Auditor's Responsibility , Report Conclusions and Recommendations, 1978, SAS No. 30 (1980), No. 43(1982), No. 48(1984).

[69] R. K Mautz, W. G. Kell, M. W. Mather, A. G. Merten, P. R. Reedly, D. G. Severenece & B. J. White, FERF, Internal Control in U. S. Corporations: The Statement of The Art, 1989.

[70] SEC Release No. 34, Statement of Management on Internal Accounting Control, 1979.

[71] Ahmed Bekaoui. Accounting Theory, Harcourt Brace Jovanoich, Incorporated, 1993.

[72] Birnberg, The Role of Accounting in Financial Disclosure, *Accounting Organizations and Society* , June, 1980.

[73] Jensen and Meckling, "Theory of the Film: Managerial Behav-

ior, Agency Cost and Ownership Structure", *Journal of Financial Economics*, 2003(4).

［74］Efrim Boritz, Erin Mackler and Doug Mcphie, "Reporting on Systems Reliability", *Journal of Accountancy*, 1999(4).

［75］江其务:《经济后转轨期的货币金融改革》,经济科学出版社 2004 年版。

［76］江其务:《银行信贷管理》,高等教育出版社 2004 年版。

［77］江其务:《论金融监管与风险防范》,《南京金融高等专科学校学报》,1995(1)。

［78］周宁:《当前银行内部控制弱点辨析》,《上海金融》,1997(7): 28—29。

［79］王文怡:《当前股份制商业银行内部控制存在的问题与对策》,《青海金融》,2005(2):46—47。

［80］IIA SIAS No. 1, Control:Concepts and Responsibilities, Altamonete Springs. Inc,1983.

［81］Management Reports on Internal Control, *Journal of Accountancy Online Issues*, Oct. 2000.

［82］Meigs&. Meigs, *Accounting:The Basis for Business Decision*, Ninth Edition, McGraw-IIill, Inc.

［83］Treadway Committee, Report of the National Commission On Fraudulent Financial Reporting,1987.

［84］Auditor Standards Committee of AICPA、SEC、Regulation setter、Research Foundation of IIA、U. S. Sentencing Commission, etc.

［85］Steinberg,Richard M. Tanki,Frank J. , "What the Treadway Commission's Internal Control Study Means to you", *Journal of Accountancy*. 1992(11).

［86］张少华:《国外股份制商业银行风险管理与内部控制体制研究》,《石家庄经济学院学报》,2005(1):9—11。

［87］Statement on Auditing Standards No. 78,Consideration of Internal Control in a Financial Statement Audit:an amendment to SAS No. 55.

［88］Evaluating Commercial Bank Performance,Donaiel R . Fraser, Ph. D. and Lyn M. Fraser,C. P. A. ,Bankers Publishing Company,1990.

［89］Core Principles on Effective Banking Supervision,Basle Committee on Banking Supervision,Basle,Sept,1997.

［90］The Law and Practice of Banking, Volume 1,Banker and Customer,J. Milnes Holder 5 the Edition,Pitman Publishing,1991.

［91］鲁莹:《关于我国股份制商业银行内部控制的思考》,《边疆经济与文化》,2005(10):53—55。

［92］K. Rahunandan, D. V. Rama, "Management Reports After COSO", *Internal Auditing* , 1994(8).

［93］张艳:《国有股份制商业银行公司治理的经济学分析》,《特区经济》,2004(11):92—93。

［94］Banking Insititutions in Developing Market,Diana Mc-Nanghton,Chris J. Barltrop,etc,The World Bank,1992.

［95］Barker,David,etc. The Causes of Bank Failures in the 1980,

Federal Reserve Bank of New York, Research paper No. pp. 93—25, August 1993.

[96] Commercial Banks Examination Manual, The Board Governor of FRS, USA, March 1994.

[97] Banking Law and Regulation, Jonathan R. Macey and Geofrey P. M, Brown and Company, 1992.

[98] 潘自立:《关于建立我国股份制商业银行内部控制评价模式的思考》,《上海金融》,1997(7):25—26。

[99] Audits of Banks Industry Audit Guide, AICPA, May, l, 1994.

[100] 张永红:《关于加强股份制商业银行内部控制的几点思考》,《金融管理科学》,1997(6):40—41。

[101] 黄勇:《关于国有股份制商业银行内部控制问题的思考》,《农村金融研究》,1997(8):58—60。

[102] 王晓东:《股份制商业银行内部控制存在的问题及对策探讨》,《银行管理》,2005(9):24—25。

[103] 江其务:《论世界贸易组织框架下的中国金融改革和监管问题》,《上海金融》,2002(11)。

[104] 江其务:后改革期金融支持经济发展的方向和重点》,《财经理论与实践》,2003(6)。

[105] 江其务:《制度变迁与金融发展》,浙江大学出版社 2003 年版。

[106] 姚树洁、冯根福、姜春霞:《中国银行业效率的实证分析》,《经济研究》,2004(8)。

227

[107] 冯根福:《现代公司治理结构新分析—兼评国内外现代公司治理结构研究的新进展》,《中国工业经济》,2002(11)。

[108]王明权:《积极发挥董事会的核心作用　努力提高股份制商业银行公司治理水平》,《中国金融》,2006(3)。

[109]李珊:《内外兼修　应对挑战》,《中国金融家》,2006(3)。

[110]刘明康:《强化资本监管提高银行体系稳健性》,《中国金融》,2004(10)。

[111]刘明康:《为何要重视银行治理机制》,《国际金融研究》,2002(4)。

[112]刘明康:《公司治理改革值得关注的几个问题》,《中国金融》,2005(23)。

[113]唐双宁:《中国银行业及其监管的改革与发展》,《财经问题研究》,2004(11)。

[114]唐双宁:《我国商业银行内部控制的建设与监管》,《中国金融》,2004(4)。

[115]黄达:《宏观调控与货币供给》,中国人民大学出版社 1997 年版。

后　记

　　本人多年来主要从事金融业的经营与管理工作,在工作实践与学习中,尤其是在攻读博士学位期间,对我国股份制商业银行的经营管理与内部控制建设方面有了进一步的关注。当前,我国银行业正处于全面对外资开放的前夜,为适应内外竞争的需要,我国各股份制商业银行近年来在机构设置、业务发展、内部管理等方面均取得了长足的进步,成为我国银行业中一支重要的生力军。但由于我国股份制商业银行总体来说成立时间较短,规模实力与国有商业银行、外资银行相比尚小,我国股份制商业银行要在新一轮的发展与竞争中取得优势,除了规模实力需要进一步快速发展壮大外,与国际先进银行相比,在内部控制管理方面我们更显薄弱,迫切需要借鉴和学习国际银行业先进的理念、方法与实践经验,以国际先进银行为标杆,结合我国国情,建立和健全内部控制管理体系,坚持科学发展观,实现可持续快速健康发展。近年来,本人结合工作实践以及所学所思,尝试在我国股份制商业银行内部控制建设问题上进行一些研究。但由于自身水平和能力所限,本书缺点错误与疏漏之处在所难免,敬请大家批评指教。

　　本书得以顺利完稿,首先要特别感谢我的导师——西安交通大学经济与金融学院院长冯根福教授,多年来,他给予了我悉心的指教,并在本书的思路、结构、观点上也给予了我诸多具体的指导。本书的写作还得到了国家外汇管理局党组织成员、副局长方上浦副研究员的指导,出于对我学习与研究的支持和鼓励,他在百忙之中,亲自赐笔为本书作序。此外,本书的出版还得到上海财经大学出版社的大力支持。借此机会,谨向他们表示衷心的感谢和敬意!

杨华辉
2006 年 4 月于杭州西子湖畔